「大きくなあれ！」
精いっぱい子どもらしい掛け声で
魔力を放出すると、畑いっぱいに
巨大カボチャが現れた！

JN213797

カイウス学園へ入学しました！
アリス

ローレン
イーサン
ケイシー
マリナ

大丈夫、私、
魔力チートだもん。
こんなときぐらい
役に立たないと！

収納魔法が切実に欲しいと願っていたら、転生してしまった

author
ぽふぽふ
ill. Tobi

CONTENTS

I desperately wanted Storage Magic,
and then I was reincarnated.

presented by Pofpof / Tobi

第一章　転生

私、松井美玖《まついみく》、十八歳。天涯孤独。

物心つく前に父は亡くなり、顔も覚えていない。

ひとりで育ててくれた母も先日病気で亡くなってしまった。

だから、大学進学を諦《あきら》めて、高卒で就職した。

大学進学は母の希望でもあったけれど、少しでも早く楽をさせてあげたくて、勝手に就職先を見つけていたのが思いがけず役に立った。

堅い職場だから、真面目《まじめ》に働けばなんとか食べていけるだろう。


職場の近くに、家賃の安いワンルームマンションを見つけて引っ越した。

幸い、大学に通えるぐらいの貯金を母が残してくれていたので、ありがたくそれを使わせてもらった。

それにしても……狭い。

積み上がった段ボール箱の山を見て、大きなため息をつく。

かろうじてベッドと机を置いたけれど、それ以外の床は箱、箱、箱……箱の山。

ピサの斜塔だっけ？

あんな感じに傾いた段ボールタワーがいくつもそびえている。

どうすんの、これ。


失敗したなあ。

初めて部屋を借りるので、家賃のことしか考えていなかった。

ここにはほんの小さなクローゼットがあるだけで、収納がない。

なんとか室内に箱を積み上げてくれた引っ越し屋さんのお兄さんたちも、申し訳なさそうな顔をしていたぐらい。


はあ……お片付けするしかないか。

これでも結構処分したつもりだったんだけどなあ……

母との暮らしを思い出すものは、捨てきれずに持ってきてしまった。

仕方ない。
二、三年働けば、少しは貯金もできるだろうから、そのときはまた引っ越そう。
素敵な収納がついた部屋に引っ越すことを目標に頑張ればいいや。

母が亡くなってから高校を卒業するまでは、叔母のところに世話になっていたけれど、これでようやく独り立ち。

いろいろあって疲れたな……と、段ボール箱をよけて、ベッドでウトウトと横になっていたときに。
突然地鳴りとともに、部屋が揺れた。

地震⁉
逃げなきゃっ！
痛いっ！

飛び起きるよりも、積み上がった荷物が崩れる方が早かった。
頭の上に何か固いものが落ちてきて、意識が朦朧《もうろう》とする。
ヤバい。怪我《けが》したかも。
起き上がろうと思うのに、身体が動かない。
頭がガンガンする……
そのとき突然、頭の中に老人のような声がした。
「そなたをこれより転生させる。望みがあるならひとつだけ叶《かな》えよう」
転生？　この非常事態に、何ふざけたこと言ってんの。
それより、誰《だれ》かいるなら落ちてきた荷物なんとかしてよー。

動けない！　痛いよー。

「……混乱するのも無理はないが、時間があまりない。次の世界で望むものをひとつだけ言いなさい。それに見合った能力を授《さず》けよう。そして、その能力で新しい人生を生きなさい」

頭の中の声が、淡々と語りかけてくる。

望むもの？

そんなもの、決まってるじゃん。

収納よ！

それも世界一の収納をちょうだい！

なんでも入る魔法のような収納がいい！

「そなたは今世で苦労をした。世界一の収納をやろう。達者で暮らせよ」

その後の記憶はない。

◇

「アリスちゃん、ご飯よー」

「はあい！　今行くー」

アリスちゃんですよ。

……気恥ずかしい。しかも三歳児。

転生先って、もうちょっと選べないものか。

十八歳から、いきなり三歳に逆行です。


両親はまだ二十代の美男美女。とっても仲が良くて、ラブラブの夫婦だ。

ラブラブの証拠として、横でふぎゃあ、と泣き声をあげているのは、弟のカイル、〇歳。

母にそっくりで、ぱっちりお目々に金髪のふわふわ巻き毛、お人形のような赤ちゃんだ。

紫がかった瞳《ひとみ》の色だけは、お父さんの方に似ているのかな。

ちなみに、わたくしアリスティアちゃんも、金髪巻き毛、色白の美少女です。

裁縫が得意な母お手製の、フリルたっぷりのワンピースを着せてもらっている。

自分で言うのもなんですが、自画自賛したくなるような容姿ですよ。

お母さん譲りの、濃いブルーの目が自慢なのです。

転生してきて何がうれしかったって、この容姿！

鏡で見るたびに、前世だったらモデルになれたかもなあ……などと思っている。


どうやら私は、アストラ王国にあるアゼル村という辺鄙《へんぴ》な村の農家の娘に転生したらしい。

三歳児は外へ出してもらえないので、詳しいことはよくわからない。

父が狩りをしたり、野菜を育てたりして、村人と物々交換をして暮らしているようだ。

お世辞にも裕福とは言えないけれど、貧乏でもなさそう。母の話を聞いた限りでは、僻地《へきち》ではあるが、気候が穏やかで作物の実りが良いらしい。

だから、食べていくのには困らないんだと。


前世の私は、地元の農協へ就職する直前だった。

まあ、高校時代には農業になどまったく興味はなかったけど、就職先を決めてからは、それなりに農業や作物のことを勉強した。

少しはその知識が役立つといいな。

だから、農家の娘に転生したことに、不満はない。

「さあ、食べましょうね」

「今日は運良くオオヤマドリが狩れたからな。いっぱい食べるんだぞ」

鳥肉と野菜がたっぷり入ったシチューと、少し固いパン。

それでも、愛情のこもった手作りの料理は、涙が出るほどおいしい。

神様、この世界に転生させてくれてありがとう。

健康な両親と、カワイイ弟。

それがどれほどの幸せか、前世ひとりぼっちだった私にはよくわかる。

今世は親孝行するぞ。

「お母さんのシチュー、とってもおいしい」

「まあ、アリスちゃん。最近急にいい子になったわね」

「ちゃんと片付けも手伝ってるんだってな。えらいぞ」

ふと、疑問に思うんだけど、私がアリスちゃんに転生する前のアリスちゃんの魂はどこへ行ってしまったんだろう。急に性格が変わってしまったら、両親が不審に思うのではないかと、私は極力三歳児の言動を装っている。

両親の顔や名前は転生したときから覚えていたし、元々のアリスちゃんの精神に、転生前の私の記憶がプラスされたということなんだろうか。

今の私は、どっちかというと前世の記憶が前に出ている。


それにしても、世界一の収納をくれるっていう約束はどうなったんだ。神様。

この狭い一軒家にはほとんど収納なんてなくて、外に小さな納屋があるだけだ。

農具や武器などを入れておく、本当に小さな小屋。

まさか、これが世界一とは言わないよね。

いつかすごいお金持ちになって、大きな屋敷に住んで、すごい収納を手に入れるのかな。

そうだったらいいな、と思うけど。

この頃の私はまだ、収納といえば、タンスや本棚、クローゼットのことだと思っていた。

第二章

なんと、魔法のある世界だった

もうすぐ五歳の誕生日、というときに、村の教会から僧侶っぽいおじいちゃんがやってきた。

そして、お父さんとお母さんと三人で、しばらく話をして帰った。

なんだろう、と思っていたら、すぐに呼ばれた。

「アリス。今年五歳になる子どもはみんな、教会で適性診断を受けるんだよ」

「てきせいしんだんってなあに？」

「人によって得意なことが違うだろう？　例えば、狩りが得意な人は、狩りのスキルというものを授《さず》かることがあるんだ」

「お父さんは狩猟のスキル。私は裁縫のスキルを持っているのよ」

ほへえ。

スキル。

なんだか、前世で読んだ異世界転生の小説のような話だ。

この世界にはそんなものがあったんだ。

そういえば、母は裁縫が得意だ。

村の人に頼まれて、刺繍《ししゅう》をしたりサイズ直しをしたりしている。

この世界では、元々得意なことを練習していると、それに関連するスキルが出やすくなるという仕組みらしい。

五歳の時点では、まだスキルは持っていない子どもが多いが、小さな頃から畑仕事を手伝っていたりすると、五歳でも農業系スキルを持っていることもあるんだそうだ。

私はこの世界に転生してから、母の手伝いと弟の子守りぐらいしかやっていない。

家事とか、子守りのスキルなんてあるんだろうか。

料理のスキルとかあったらいいんだけどなあ。

そんなことがわかっていたら、もっとお料理手伝ったのに。


「じゃあ、きょうかいにいったら、わたしのスキルもおしえてもらえるの？」

「そうだ。スキルだけじゃなく、教会では魔法の適性も判断してくれるんだぞ。お父さんは火魔法、お母さんは土魔法が使えるんだ。ほんの少しだけどな」

「まほう」

「そうだ。誰《だれ》でも、少しは魔力があって、適性のある魔法を使えるんだ」

「火と土の他に、水と風があるのよ」

魔法……突然の非現実的な情報に、頭と心がついていかない。

魔法の種類は四種類。

光や闇《やみ》といった、よく小説に出てくるような属性はなくて、四属性だけらしい。

「まほう、みせて」

「危ないからちょっとだけだぞ」

お父さんは、指先にボッと小さい火を灯して見せてくれた。

前世にあった、ガスライターの火ぐらいだ。

本物の魔法だ。

「すごい。こうげきとかできる？」

「ははは。そいつは無理だ。せいぜいロウソクの火をつけるぐらいだな」

「お母さんは？」

「私は、土に栄養を与えたり、作物の成長を良くしたりできるわ」

「それもすごい。お母さんのまほうでやさいをそだてているの？」

「そうよ。アリスも大人になったら使えるかもしれないわね」

「お父さんの家系は火魔法が多い。アリスも火か土だろうな」

「でも、まだわからないわよ。何代も前の先祖から適性を受け継ぐ子どももいるわ」

なるほど。攻撃以外にも、実用的な魔法がいろいろあるようだ。

今まで見たことがなかったのは、家の中で使う必要がなかったからだろうか。

いろいろ質問して聞いてみたところ、四属性魔法というのは練習すれば誰でも使えるものだが、人によって適性がある。適性のない魔法は、使えなくはないが適性のある魔法に比べると、ほとんど使い物にならないらしい。

母が適性のない水魔法をやってみせてくれたが、指先から一滴ポトリと水が滴《したた》っただけだった。

それで精いっぱいなんだって。得意な魔法に比べると、魔力を無駄にたくさん消費するらしい。

父は火が得意なだけあって、水魔法はまったくダメなんだそうだ。


そんなわけで、翌週、家族全員で教会を訪れた。

村のはずれにある小さな古い教会には、村の子どもが数人とその家族が集まっている。

大人たちは慣れたもので、のんびりと世間話をしているが、連れられている子どもは皆緊張した顔をしている。

そうだよね。スキル次第で、将来が左右されるんだもんね。

全員が揃《そろ》ったところで、先日家に来ていたおじいちゃんが、大きな水晶玉を持って現れた。

テンプレだ……と思わず心の中でつぶやく。

やっぱり魔法といえば水晶玉よね。


おじいちゃんは、今日は少し豪華な、神官のローブのようなものを着ている。

水晶玉に触れると適性を示す色が光る、という簡単な説明があって、順番に名前を呼ばれる。

最初に呼ばれたのは、村長さんの息子、デイビッドという名前らしい。

村人に比べると、高級そうな衣服を着た子どもだ。

「デイビッドの適性は、風。剣士のスキルがある」

おおお、と大人たち全員がどよめき、村長さんはうれしそうに手を叩《たた》いた。

大きくなったら村を守るんだぞ、と息子に言い聞かせている。

風の魔法でどんなことができるのかわからないけど、速く走れたりして、戦う人にとっては役立つらしい。


順番に名前を呼ばれて、ついに私の番になった。

恐る恐るそーっと水晶玉に触れると、一瞬青く光り、それから黄色に変わって、黄緑のような色になった。

ほほう、と神官のおじいちゃんはあごひげをなでながら、目を丸くしている。

「これはもしや、二属性かもしれませんな。一瞬水かと思いましたが、土の適性もある。練習するうちにどちらかに決まるでしょう」

「ありがとうございます。ロゼッタが土ですから、土かもしれませんね」

ロゼッタというのはお母さんです。ちなみにお父さんの名前はアルバート。

二属性というのがめずらしいのか、村の人たちに注目されて少し恥ずかしい。

でも、諦《あきら》めていた水魔法が使えるかもしれないというのは、うれしい誤算だった。

属性は遺伝が多いらしいから、てっきり火か土だと思ってた。

お父さんに連れられて戻ろうとすると、神官おじいちゃんが慌てたように呼び止める。

「おお、待ちなさい。スキルもありますぞ。収納のスキルですぞ！」

収納……キターーーーー収納！

あの日、転生したときに頭の中に呼びかけてきた神様の声を思い出す。

世界一の収納をくれると言ったけど、あれはスキルのことだったんだ。

約束、守ってくれたんだ。

「収納、というのはあれですか？　商人や軍隊が高給で雇っているという……」

お父さんが少し困惑している。

なぜ？

収納スキルってあれだよね？　異空間になんでもしまえる、っていうやつ。

小説の中ではマジックバッグとか呼ばれてたような。

マジ、うれしい。これさえあれば、どんな狭いワンルームでも暮らせる。

「そうですな。高給かどうかは収納の大きさによるでしょうが、非常にレアなスキルです。おめでとう」

神官おじいちゃんがにっこり笑って、頭をなでてくれた。

でも、お父さんとお母さんはやっぱり困惑しているようで、小声で「誰に似たんだろう」などとささやき合っている。

周囲の村人も、びっくりしたような顔をしているし、そんなにレアスキルなんだろうか。

ラノベ知識によれば、冒険者なんかが普通に持ってそうなスキルなんだけど。

後で神官おじいちゃんが、もう少し詳しい説明を聞かせてくれた。

収納スキルというのは、魔力の大きさで収納力が決まるらしく、魔力の小さい人だと、たいした量は収納できないらしい。

成長とともに魔力も少しずつ増えるので、意識的に魔力を使うようにしていれば、収納も少しずつ大きくなるだろうという話だった。

今まで村人に収納スキルは出たことがないので、神官おじいちゃんもその程度の情報しか知らないんだって。


魔力。

この世界に魔力量を測定する道具は存在しないらしい。

どれぐらいの魔力量があるかは、あくまでも自己申告。

例えば、魔術師団の入団試験では、「中ぐらいの火魔法を十回続けて撃てます」というように、申告するようだ。

収納スキルだと、荷馬車一台分ぐらいのスペースが確保できるなら、仕事として雇ってもらえるんだとか。

でも、転生したときに私がお願いしたのは『世界一の収納』だ。

ということは、世界一の魔力量がないとそれは実現しないよね？

神様、約束守ってくれたんだろうか……


この日から、私は魔法の練習に没頭した。

目指せ、世界一の収納。


教会で適性診断があってから数日後、子どもたちだけが教会に集められた。

神官のおじいちゃんが、初歩の魔法を教えてくれるんだそうだ。

王都には王立の学園があるが、こんな辺境の村には学校がない。

それで、読み書きと初歩の生活魔法だけは、教会で教えるというように法律で決まっているらしい。所謂《いわゆる》、義務教育のようなものか。


貧乏な家の子どもは畑仕事や家の手伝いを優先して、通ったり通わなかったりするみたい。

うちは両親とも、私の二属性適性がどちらになるのか興味津々なので、快く送り出してくれた。

ちなみに、王都にある王立の学園に通うのは、主に貴族の子どもなんだそうだ。

なぜかというと、貴族は平民に比べると魔力量の多い人が多く、その差は歴然としているらしい。

そして、貴族の嫡子《ちゃくし》は騎士団や魔術師団などに就職する人が多い。

そのため、騎士科や魔術科というように、専門の勉強をするようになっている。

平民の子どもは、王都に住んでいたとしても普通科や商業科に通うことが多いようだ。

教会ではまず、読み書きを教わった。

とはいえ、私はすでにこの世界の言語は習得済みだ。

三歳で転生してきたときから、なぜか文字は読めた。

それから、こっそり自力で書く練習もしていた。

子どもの中で文字の読み書きができるのは、私と村長の息子だけだったので、ふたりは教会にある本を自由に読んでいていいと言われた。

聖書のような書物の他に、農業に役立つ作物の本や、狩猟に関する本なんかがあったので、ざっと目を通す。

作物の種類などは、時間があるときに書き写しておくといいかもしれないと思う。

前世と似たようなハーブというか、薬草があるみたいなので、勉強してみたい。

なんてったって農家の娘なんだし、専門知識は勉強しておかないとね。

せっかく畑があるんだし、作物を育てることには単純に興味もある。

私もお母さんみたいに作物を成長させる魔法が使えるようになったら、好きな果物をたくさん育てて、お菓子を作ったりしたいな。

そしていよいよ、初級魔法の訓練に入ったのだが、これが思ったほど簡単ではなかった。

何が難しいって制御が！

他の子どもたちはそれぞれ火や風を起こそうと躍起になっていたけれど、私は違った。

『水よ』と言っただけで、手のひらから十リットル単位の水がドバドバ出てしまう。

作物の成長を促す土魔法では、教会の周りの雑草が背の高さぐらいまで一気に伸びてしまって、慌てて神官見習いの人たちが刈り取ってくれた。

危なっかしいので、制御ができるようになるまで、使用禁止と言われてしまったのだ。

神官おじいちゃんはどうしたものかと呆《あき》れていたようだが、私は確信した。

あの転生の神様は、やっぱり約束を守ってくれたんだ。

世界一の収納には、世界一の魔力量。

もしかしたら……いや、もしかしなくても、これってチートだ。万歳。

訓練さえすれば、一流の魔術師になれるかもしれないじゃん。

魔力量さえあれば、水魔法も土魔法も使い放題だもの。

世界一の収納の、思わぬ副産物。


他の子どもたちが帰ってから、私だけが居残りするように言われた。

「アリスよ。そなたは途方もない魔力量を持っているようじゃな。収納スキルを持っているとわかった時点で、予測はできたんじゃが」

おじいちゃんが見せてくれた、古くて分厚い『スキルの書』。

収納スキルのページを要約すると、収納スキルというのは異空間への入り口を開くことができるスキルで、入り口を開くだけでかなりの魔力量が必要らしい。

なので、子どものうちはたいてい使うことができず、成人した魔術師がようやく使えるようになるスキルなんだそうだ。

実は教会に来るまでに、いくつかの魔法を試してみたんだけど、収納スキルだけは使い方がわからなかった。

いくら「収納！」と言ってみても、何も収納できなかったが、その理由がわかった。

異空間の入り口をイメージできなかったんである。多分。

「ワシもあまり見たことがないんじゃが、目の前の空間に見えない扉でもあって、そこへポンッと消えていくように、ものが吸い込《こ》まれるんじゃよ」

なんとなく……イメージできるような？

ようは透明な入り口をイメージして、その中へ物を放り込めばいいのか。

ものは試しと、お供えもののりんごを、ポイッと空中の穴に入れるイメージをしてみる。

すると、目の前でりんごがすっと消えた。

あれ、成功？

「おおお！　使えたか？　ワシの説明は伝わったのじゃな？」

神官おじいちゃんが子どものように無邪気な笑顔で喜んだ。

調子にのって、ポイポイッと、何個かりんごを収納してみた。

出すときは、穴からりんごが出てくるイメージ。

「このスキルはな。使い方を間違えると、犯罪が簡単にできてしまう。将来このスキルを使って仕事をするなら、商業ギルドか冒険者ギルドに必ず登録をしないといけないんじゃよ。わかったね？」

使えるとわかったので、注意点をいくつか教えてもらう。

まず、生き物は収納できないようだ。絶対に収納してはいけないと言われた。

そりゃあそうだろう。人間なんて収納しようものなら、その場で重罪だよね。

収納なんていう気軽なワードにごまかされているけど、結構扱いが大変なスキルかもしれない。

ただし、退治した動物などは、死んだら食料や素材として認識されるので、収納できるらしい。

そして、同じ収納スキルでも熟練すると、異空間内で時間停止ができる場合があるらしい。

つまり、入れたときの状態がそのまま保てるようになる。

そこまで使えるようになると、商人から引っ張りだこになるレベルなんだそうだ。新鮮な魚とか、作物を、そのままの状態で運べるから。

料理なんて、作りたてのまま保存できるしね。

ただ、私は商人になるつもりなどないので、実はあんまり仕事の役には立たないかもしれないけどなあ。

お父さんが作物を運ぶのを手伝うぐらいかも。

もしいつか、旅行に行くことがあったら、手荷物が少なくていいなあ……なんて、このときは小さな夢を想像したりしていた。

なんせ、五歳児ですから！

教会から帰ったら、お父さんとお母さんが待ち構えていた。

ちゃんと魔法は使えるようになったのかと聞かれたので、制御が難しいと答えた。

「制御？　どういうことだ。魔力が暴走でもしたか？」

「ぼうそうじゃないとおもう。しっぱいしただけ」

教会を水浸しにしたことと、雑草を背丈ぐらいまで伸ばしてしまったことを説明すると、お父さんとお母さんは青ざめた。

ありえない、という顔をして。


そして、「今日習ったことをやってみせてくれ」と言って、畑のあるところへ連れていかれた。

畑の水路のわきに立って、水を出してみて、と言われたので出してみる。

ここで嘘《うそ》をついても仕方がないので、ドバドバと、正直に出した。

あっという間に水路があふれるほどに出した。バカ正直すぎたかも。

「わ、わかった。もういい。アリスは水属性が適性なのかもしれないな」

「でも、さくもつのせいちょうもできたよ？」

「そうか、じゃあ、それもやってみせてくれ」

「いいの？」

お父さんが指さしたのは、そろそろ収穫間際《まぎわ》のカボチャ畑。

教会では雑草だったけど、野菜を育てるのは楽しそう。

「大きくなあれ！」

精いっぱい子どもらしい掛け声で魔力を放出すると、畑いっぱいに巨大カボチャが現れた！

普通の四、五倍はあるだろうか。

父母、目を剝いて驚き、無言になっている。やりすぎたか。

一個だけにしておけばよかった。

つい畑一面をイメージしてしまった。

「なあ、アリス。これ、元に戻すことはできないよな？」

「えっと……ごめんなさい。もどすのはならわなかった」

「そうか……」

単純にこのときの私は、作物は大きいほどいいと思ってたんだよね。

だって、五倍の大きさのカボチャがあったら、五日間お腹《なか》いっぱい食べられると思ったから。

でも、お父さんがこのカボチャは出荷できない、と言う。

悲しい。どうして？


その晩、お父さんとお母さんと三人で、家族会議になった。

「アリスの魔力が規格外だということはよくわかった。素晴らしいことだと思う。だけど、同時に危険なことでもあるんだよ」

「そうなの？　どうして？」

「貴族に目をつけられるからだ。まだ小さいお前にはわからないだろうけど、優秀すぎるとさらわれてしまうこともあるんだよ」

「きぞく。このむらにはいないでしょ？」

「この村にはいなくとも、この巨大カボチャを出荷すれば、誰が育てたのかと、必ず調べにくるだろう。魔力の多い者は、貴重だからな」

「そうなの……」

せっかく両親を喜ばせようと思ったけど、逆に心配をかけてしまったようだ。

教会で困惑していたのは、そういうことだったのか。

小説でしか読んだことないけど、貴族って平民にとっては、傍若無人で恐ろしい存在なのかもしれない。

連れ去られるのは困る。

私は優しい両親と弟と一緒に、穏やかな人生を送りたい。今世は。

「実はな。先日神官様から相談があったんだ。お前を王都の学校へ入れる気はないかと。神官様はめずらしいスキル持ちや、魔力量の多い子どもを、教会の上層部に知らせる義務があるらしい。だけどな、お前はまだ五歳で、親元から離れるにはまだ早い。だから、断った」

「アリスちゃん。王都ってきらびやかで、素敵なところだから、若いときには憧《あこが》れるものよ。私もそうだったわ。もう少し大きくなったら、一度は行ってみるといいと思うの。でも、まだ早いわ」

「お前がいつか本格的に魔法の勉強をしたいと思ったなら、そのときは止めないし、応援すると約束しよう。だけど、お前はどうしたい？　お前の能力を見る限り、教会が上に連絡してしまえば、すぐにでも王都から迎えが来てしまうかもしれないぞ」

「イヤだ！　おうとになんかいきたくない！　わたし、ここでお父さんとお母さんとカイルといっしょにずっとなかよくくらすの！　まほうでお父さんのおてつだいするの！」


急に怖くなって、涙がボロボロ出た。

また両親を失ってしまうかもしれないなんて、冗談じゃない。

今度こそ家族に囲まれて、幸せに暮らせると思ってたのに。

そうかそうか……と言って、お父さんはホッとしたような顔になった。

お母さんはぎゅっと抱きしめてくれた。

この幸せを手放すものか！


「じゃあな、約束してくれるか？　きちんと制御できるようになるまで、人前で魔法は絶対使わない。それと、収納スキルのことを誰かに聞かれても、正直に答える必要はないからな。特殊な能力のことは知られない方がいいんだ。わかるね？」

「うん、わかった。ぜったいいわない。ひとまえでまほうはつかわない」

「万が一誰かに、荷物をどれだけ収納できるかと聞かれても、ごまかすんだぞ。野菜を少し運ぶ手伝いをしている、ぐらいに言っておけばいい。今は幸い、この国は戦争をしていないが、大きな収納持ちは軍隊に招集される危険がある。そのことを覚えておくんだぞ」


どうしよう。世界一なんて願ったのは、失敗だったかも。

すごく大きな秘密を抱えた人生になってしまった。

せっかくすごいスキルをもらったのに、これじゃあ使い所に困る。

軍隊なんてまっぴらだ。

それに、王都の貴族が通う学園もイヤだ。

そんなところに農民の娘がひとり放り込まれたらどうなるかなんて、火を見るより明らかだ。

ヤバい貴族に目をつけられて、奴隷にされてしまうかもしれない。

小説でしか知らないけど、十分にありえると思う。


私は前世で決して自分のことを不幸せだとは思っていなかったけれど、今思えばずっと余裕がなかった。

頼れる相手もいなかったし、寂《さび》しくても、それが普通だと思っていた。

だけど、この世界に転生してきて、家族の温かさを知った。

これってすっごい幸せなことなんだって、つくづく実感してる。

だから、前世であまりできなかった、親孝行とか姉弟で遊ぶとか、そういうのをいっぱいしてみたい。

きらびやかな都会に行くなんて、全然興味ないし。

私にとって一番大事なのは、家族だもの。


うん。世界一の収納スキルは、大人になるまで封印しよう。

こっそり隠しておきたい私物なんかを入れたらいいよね。

魔法を使っていろんなことに挑戦してみたい気持ちはあるけど、もっと大人になってからでもいい。


その後、畑いっぱいの巨大カボチャはどうしたかというと。

全部、私の収納の中に入れて、保存してある。

上級の魔術師しか使えないという、収納の時間停止機能、私にも使えるとわかったから。

試しにおやつのホカホカの焼き芋を収納したら、それは数週間たってもいまだにホカホカである。

このことは家族だけの秘密だ。

やっぱり、隠しておきたいものを入れておくのには、絶好のスキルだね。

一度、どれぐらいの量を収納できるのか試してみたかったので、巨大カボチャをせっせと収納してみたら、全部入ってしまった。

もしかしたら本当に世界一かもね。まだまだ余裕ありそうだし。

時々、一個ずつ出して、お母さんが煮物にして近所に配ったりしている。

我が家で消費するカボチャはもう一年分ぐらいは確保できている感じだ。

変わったことといえば、お父さんが市場や隣村に野菜を運ぶときに、私がついていくようになったこと。

収納スキル持ちだということはバレてしまっているので、変に隠すよりも、堂々としていた方がいいというお父さんの考えだ。

その代わり、人前で野菜を収納から出すのは、二箱まで。

大量に運ぶときには、今まで通り、他の村人と一緒に荷馬車で運んでいる。

それで、私のスキルのことはあまり話題にもならなかった。

めずらしいスキルで便利だね、ぐらいの認識だと思う。


水魔法は、畑の水やりに役立った。

シャワーのように、広範囲に水を降らせる練習をしたので、水やりが格段に楽になった。

人に見られないように、早朝や夜に水やりをする。

そもそも、私の家は村のはずれにあるので、用事がない限り人は訪ねてこない。

台所やお風呂《ふろ》で使う水は、貯水タンクに井戸から汲んで溜《た》めておくんだけど、それも私がいつもいっぱいにできるようになって、お母さんは喜んだ。

毎日遠慮なくお風呂に入れると言って。

幸せだ。ちょっと魔法を使うだけで、家族が喜んでくれる。

ただ、土魔法で作物を育てるのは、なかなかうまくいかなかった。

せっかく使えるのに、作物が巨大化してしまう。

なので、自分たちが食べる分だけ、こっそりと大きくした。

食費がずいぶん節約できるのだ。

私の収納の中には、巨大化させた作物が大量に保存されているので、もし飢饉《ききん》が訪れたとしても、数年は食べていけるんじゃないだろうか。

素晴らしい。神様ありがとう。

◇

そんな平和な生活が数年続いていたのだけれど、あるとき転機が訪れた。

辺境伯領で隣国との戦争が起きたからだ。

辺境伯領は西の国境を守っている領で、以前から時々隣国と小競り合いがあったらしい。

そして、ついに戦争が始まってしまったんだそうだ。

アゼル村からはかなり離れているので、今のところ戦争の影響はほとんどない。

どこかで戦争が起きているなんて、信じられないような感じだけど、村の人たちは皆不安そうな顔をしている。

こんな僻地《へきち》に他国が攻め込んでくることなどないとは思うけど、アゼル村はお年寄りが多いからね……戦争なんて話を聞いただけでも、不安になるよね。


現在、戦争物資の輸送のため、国中の収納スキル持ちが集められているらしい。

ただし、私には連絡は来ていない。

私は王都の学園に通っていないので、存在すら知られていないんじゃないかな。

それに、たかが野菜を二箱運べるだけの子どもだしね。

でも、お父さんが言っていたことは本当だったんだなあ、と実感する。

あのとき、神官おじいちゃんのすすめで王都に行っていたら、私も戦争に参加していたのかな……

小さいうちに、能力を隠す方針に決めておいてよかった。

今のところ、貴族に目をつけられたりもしていないはず。


そうこうしているうちに、アゼル村にも領主様からの伝令が届いた。

大量の傷薬や包帯などが必要になり、国から薬草や綿花の栽培を命令されたようだ。

農家は必ずどちらかを栽培しなければいけなくて、栽培したものは国が買い上げる。

この村も例外ではなかった。

このときに、初めて私の膨大な魔力が役に立つと気づいた。

作物を巨大化させてしまうと、目立ってしまうという理由で成長魔法を控えていたが、綿花と薬草なら別だ。

綿花や薬草は乾燥させて砕いて出荷する。

それなら巨大化していてもバレないもんね。

もっと早く気づいていればよかった。


野菜の栽培を半分に減らしたら、こんな辺鄙《へんぴ》な村はたちまち食料難になってしまう。

お父さんは村長さんと相談して、綿花と薬草の出荷を引き受けた。

お母さんと私が土魔法を持っているから、と言って。

うちの近所には空いている痩《や》せた土地もある。

野菜と違って、少々痩せた土地でも薬草は育つ。雑草と変わらない。

そこで、綿花や薬草を巨大化させて、砕いて出荷することを提案した。

名もない村なので、命令された量ぐらいは、うちが出荷する分で十分賄える。

村長さんも喜んだし、村人からも感謝された。

最初のうちは。

だけど、やっぱり少しでも目立つと、それを妬む人が出てくるということを、後になって知った。

◇

隣国との戦争は半年ほど続き、辺境伯軍の勝利で終結した。

ただし、辺境伯領には多大な被害が残ったらしい。

多くの怪我《けが》人が出たし、国境近くの村は戦場となって荒らされてしまった場所もある。


そして、ある日のこと。

辺境伯領から我が家へ、わざわざ使者がやってきた。

国からの薬草や綿花の栽培命令は終わったが、うちから出荷した薬草の品質が良かったので、今後も直接売ってほしいという話だった。

高値で買い上げるから、さらに生産量を増やしてほしいという、願ってもない申し出だったんだけれど……


村の人を助けるつもりで薬草と綿花の栽培を一手に引き受けていたことが、裏目に出た。

辺境伯領との直接取り引きを結んだ父のことを、村人が一斉に批難したのだ。

最初から、自分だけ甘い汁を吸うつもりだったんだろうと言って。

それならば、他の人も薬草や綿花を栽培して、辺境伯領に買い上げてもらうように交渉しようと説得してみたがダメだった。

そんなことをすれば、たちまち食料難になってしまうと、村長が反対したからだ。

そもそも、この村はほぼ全員が農家で、作物を作っているからこそ自給自足できていた。

よそへ出荷する薬草を育てる余裕なんてない村なんである。


急に近所の人の態度がよそよそしくなった。

今まで毎日のように野菜を分け合ったりしていたのに。

我が家を訪れる人が、ほとんどいなくなってしまった。

お母さんの顔が日に日に暗くなっていくのが、私にもわかる。


でも、お母さんはいつも村の人に優しくしていたよ。

野菜の煮物をたくさん作って、近所にお裾分《すそわ》けしたりしてたもん。

お父さんだって、魔獣が出たときなんかは、まっさきに武器を持って討伐に行っていた。

みんなに頼りにされていたはずだった。

なのに、なぜ？


「うちは新参者だからな」と、お父さんが寂しそうに言った。

これまで知らなかったけど、私が生まれる少し前に、両親はこの村に移り住んだらしい。

元々村の出身ではなかったんだって。

そう言われてみたら、両親とも、村の人たちとは少し見た目が違うかも。

今まで気にしたことなかったけど、村に金髪の人なんて他にいない。

うちの家族、結構悪目立ちしてたのかな……


だんだんと村中から敵視されるようになり、ある日、窓から石を投げこまれた。

たまたま窓際にいたカイルをかばって、お父さんが頭に怪我をしてしまった。

ひどい……

そんなにひどいことをされるほど、私たちは悪いことをしたの？

ただ、薬草と綿花を一生懸命育てて、出荷していただけなのに。


そして、父と母は苦渋の決断をした。

「村を出よう。辺境伯領に移住しようと思う」

「あなたたちを危険な目に遭わせたくないの。平和に暮らせるところへ引っ越しましょう」


カイルはよくわかっていないようで、不思議そうな顔をしていたけれど、私は賛成だ。

まだ学校にも通っていないので、国の法律とか詳しいことはわからないけれど。

平民は貴族と違って移住するのは、自由らしい。

辺境伯の許可さえあれば、移住できるんだって。

お父さんが少し前に手紙を書いて、許可はもらったようだ。


この狭い村では、村人から敵視されては生きていけない。

家族で移住して出直そうということになった。

きっと、私とカイルのためだったのかもしれない。


こんなことにスキルを使うなんて想像もしてなかったけど、家中の荷物を私の収納に入れた。

畑の作物もすべて収穫して詰め込んだ。

それから、お母さんは土魔法で、畑をすべて更地に戻していた。

その光景がすごく壮大で、美しくて、すごく悲しかった。

この世界にきてから、ずっと走り回って育った場所が、消えてなくなった。

そして、夜明け前に家族でひっそり村を出た。

◇

オンボロの荷馬車で約一週間かけて、辺境伯領へ向かった。

村を出るちょっと前に、弟のカイルは七歳になった。適性は父と同じ火属性だ。

なんと、魔法の才能だけでなく、剣士のスキルもあったらしい。

小さな頃はお人形のようにカワイイ弟だったけれど、今では少年っぽく成長して、時々剣の稽古をしている。

大人になったらお父さんのように、狩りをするんだそうだ。


詳しい説明もなく馬車に乗せられたカイルは、引っ越しと旅行の違いもよくわからず喜んでいる。

村には同じ年頃の友達もいなかったから、きっと未練もないだろう。

私も、村に未練なんかない。

私たちに石を投げたあんな村。出てきてよかった。

私は家族が一緒なら、どこでだって生きていける。


幸い、戦争中に我が家は、それなりの貯蓄ができた。

こんな機会はめったにないだろうから、家族旅行を楽しもうと、お父さんもお母さんも気持ちを切り替えたようだ。よその領を通過するたびに、めずらしい食べ物を買ったり、観光をしたり。

宿屋の食堂で外食をするのも初めてで、カイルは大喜び。

思えばあの辺鄙な村でずっと暮らすよりも、移住した方がよかったのかも。

そんな気持ちになってきた。

楽しい旅路だった。

第三章
カイウス辺境伯領

カイウス辺境伯領は国の最西端にある広い領地で、気候は良い。

四季があって、さまざまな作物が栽培されているそうだ。

辺境伯領に着いて驚いたのは、想像していたよりもずっと華やかな都会だったことだ。

ここが王都だと言われても信じてしまうぐらい。

たくさんのお店があって、女の人はおしゃれなドレスを着ていて、おいしい食べ物がいっぱい売っていて。

まさに観光に来た『おのぼりさん』という気分だ。

あ、これ、前世の言葉だっけ。


辺境伯領は戦争で領民が減ってしまったので、農業に従事する民を募集していて、お父さんはその情報を知っていたんだって。

綿花や薬草を育てた実績があるということで、すぐに住民登録をしてもらえたんだそうだ。

土魔法使いがふたりいるというのも、高ポイントだったらしい。

なんの学もない農民なのに、適性って意外なところで役に立つもんだね。

与えられた家や農地は、辺境伯から借りている形になり、税を納めなければならない。

村にいたときよりも、税金はかなり高いらしい。

たった三人で農業をするのは、限界がある。

人を雇うにも、知り合いなどいない土地だしね。

新しい家の片付けが終わり、家族会議になったとき、私はひとつの決意を話すことにした。

「わたしね。ここではのうりょくをかくすのをやめることにする」

「なんですって！　どうして？」

母は即座に反対した。

でもね、能力を隠すのって、限界があるって思ったんだ。


大きな軍隊を持つ辺境伯領でなら、薬草の需要はずっとある。

それなら、最初から実力を見せつけた方がいい。

お母さんと私が頑張ったら、最高品質の薬草を作れると思う。

この先、誰《だれ》にも負けないような薬草農園を造って、辺境伯から優遇されるぐらいになったら、人から文句を言われることもないんじゃないか。

綿花は土地面積の割に単価が安いので、薬草農園をメインにするのが良いという考えを話した。

それと、もうひとつの覚悟。

収納スキルを持っていることも、隠すのはやめる。

これからは商売にスキルをバンバン使うのだ。

もしそれで、次の戦争のときに従軍要請がきたとしても、まさか前線で戦うわけじゃないしね。

この世界には、治癒スキル持ちがいて、そういう人は前線に行かされることもあるらしいけど、それとは違う。

収納スキルが優遇されるのは、あくまでも荷運びで、後方支援だよね。

それぐらいなら、私にでもできると思う。


「なぜそんなことを考えたんだ？　正直に言ってみなさい」

「うん……わたし、むずかしいことはよくわからないけど、いずれスキルのことがバレて国からめいれいがきたら、さからえないでしょう？　でも辺境伯さまにやとってもらえたら、ずっとここにいられるよね？　おうとにつれていかれるより、そっちのほうがマシかなっておもったの。だっておうとではのうぎょうできないし、かぞくとはなればなれになっちゃう」

「そうか、アリスは家族と離れたくないんだな……」

お父さんは、お母さんほど頭から反対するでもなく、腕組みをして考えこんでいる。

家族が辺境伯領で生きていくには、薬草の出荷が大前提だ。

私やお母さんが土魔法を使えば、良質の薬草が大量に作れる。

その上、私がいれば荷馬車も使わずに、お父さんとふたりで荷運びもできる。

それだけの能力を隠し通すのは難しいと、私でもわかるよ。

小さな村じゃないんだから、いずれはバレると思った方がいい。


「よし、わかった。ただし、アリスは学園に行け。そして、そこで薬草の勉強をしたらどうだ？　辺境伯領には王都と同じように、学園がある。貴族だけでなく平民も通っているそうだ。お前なら魔力量とスキルだけで入学できるだろう」

「そうなの？」

「適性診断のときに、神官から王都の学園をすすめられただろう？　魔力量の多い人間は、それだけで優遇される。隠さないと決めたのなら、いっそ思い切り有能なところを見せて、辺境伯に守ってもらうというのもいいかもしれんからな」

「学園だなんて……アリスちゃんが家を出るのは、反対よ。危なすぎるわ。変な貴族に目をつけられたらどうするのよ！」

「俺《おれ》たちは平民だからな。そんときはまたどこかへサクッと移住したらいいだけのことさ。違うか？」

お父さんは開き直ったような笑顔で、私に向かってニヤッと笑った。

「そうだよ！　お父さん、お母さん！　わたしのしゅうのうには、かぞくがなんねんもたべられるぐらいのさくもつがはいってるんだよ！　やまおくににげたっていきていけるよ」

「そうね……そうだったわ。いつでも逃げられるように、このさいもっと溜《た》め込《こ》んでおくといいかもね。アリスちゃんがいるんだもの」

「いい考えだな。家族で世界中を旅して回っても、荷物は手ぶらで行けるな」

家族会議の結果、私は十二歳になったら辺境伯領の学園を受験することになった。

平民だからと舐《な》められないように、お父さんが家庭教師をつけてくれた。

試験は一般教養と魔術実技があるんだけど、私は一般教養の知識が全然ない。

家庭教師は学園の入試に詳しい人を雇って、筆記試験の対策を教えてもらうことになった。

お父さんからは、二年間頑張って準備して、必ず好成績で入学するようにと言われてしまった。

それだけ貴族のいる場所へ行くのは、甘くないということだと思う。

◇

一生懸命勉強した。

前世は高校生だったんだもの。試験勉強は得意だ。

本当なら国立の大学に行きたかった。それぐらい、成績は良かった方だ。

普通科や商業科ではなく、魔術科を目指そう。

そこで魔法をバンバン使って、世界一の魔力量を目指すのだ！

十二歳になり、いよいよ入学試験だ。

辺境伯領で新たに始めたロゼッタ農園は、思った以上に順調だ。

まだ面積は少ないが、これから業績をあげていけば、もっと広い土地を借りることができるらしい。

今のところはまだ家族四人で細々とやっているし、私が学園に入学する予定なので、あまり手を広げすぎないようにしている。

薬草を魔力で大きく早く育てて、乾燥させて辺境伯家へ出荷する。

それだけでも、質素に食べていくには十分だ。

綿花は土地面積が狭いので後回し。


試験の前夜、家族でちょっと豪華な夕食を食べた。

お母さんは相変わらず心配していたけど、学園までは馬車で一日の距離だ。

たとえ全寮制の学園に入学しても、毎週末には帰ってこれる。

試験勉強は一生懸命したけど、私は別に落ちてもいいと思っていた。

家庭教師の人から譲ってもらった魔術の本で、結構魔法は使いこなせるようになったし、農業をする分には全然問題ない。

魔力量も、村にいた頃よりはかなり増えたと思う。

隠すことなく毎日魔法を使っていたし、新しい魔法の練習もいっぱいした。

なるべく魔法を使うようにしていたら、魔力量は増えると教えてもらったから。

こんなことなら小さい頃から、もっと訓練していたら良かったなあと思う。

小さい村だったから人目が気になって、練習できなかったんだよね。

辺境伯領は広いし、知り合いがいないから訪ねてくる人もまだいない。

火魔法を練習していても、人に見られる心配はなかったと思う。

サッカーボールぐらいの大きさのファイヤーボールも出せるようになった。

これはお父さんから見ると、すごい威力らしい。

元々得意な水魔法と土魔法も上達したので、三属性持ちだと言ってもいいぐらい。

ただ、なぜだか風魔法だけはうまく使えなかった。


学園は辺境伯領の中心地にあり、周囲には貴族の家がたくさんある。

王都の学園よりは規模が小さいが、少数精鋭で、他の領にある学園よりレベルは高いらしい。

私が受験するのは、魔術科の特待生枠。合格者は三人という狭き門だ。

この特待生枠は、平民では高い学費を払えないので、本当に優秀な生徒だけ奨学金が出るという制度のものだ。

もちろん、この特待生枠に落ちても、学費さえ払えるなら入学はできる。

だけど、私は特待生枠に落ちたら、入学はしないつもりだった。

前世でも、大学受験の直前にお母さんが病気になって受験を諦《あきら》めた。

家族の方が大事なんだ。
高い学費を払ってまで入学しなくてもいいと思う。
だから、試験もあんまり緊張していない。
全力は尽くすけど、落ちたっていいよね。

試験会場は貴族と平民は別らしく、十数名の同年代の子どもがいた。
平民といえど、学園を受験するだけあって、それなりにきれいな身なりをしている。
筆記試験は、科に関係なく一般教養の試験だ。
だから、周囲の人たちがどの学科を受験しているのかはわからない。
筆記試験の翌日は、実技試験。
実技があるのは、騎士科と魔術科だけだ。
辺境伯領だけあって、ここを受験する生徒は、将来騎士団を目指す人が多いと聞いた。
運動場には、帯剣した受験生がたくさん並んでいる。
実技は貴族平民合同だ。
魔術科の受験生は、あまり多くない。
案内された訓練場には、二十名ほどの受験生がいたが、意外と女子が多かった。
貴族の男子は魔力があっても、騎士科の方を受験することが多いのかもしれない。
ここで、自分の得意な魔法を試験官の前でひとりずつ披露する。

他の受験生の魔法も見ることができるので、それが楽しみだ。
なんだかワクワクする。

「それでは実技試験を始めます。まず、攻撃魔法を使う人はこっち、それ以外の人は向こうに分かれてください」

試験官がふたりいて、私は迷わず攻撃じゃない方へ進む。
魔術科には将来的に騎士団や護衛職などを目指す攻撃班がある。
攻撃班に入った人は、騎士科の人と一緒に戦闘訓練をするそうだ。
私の場合、ファイヤーボールは出せるけど、騎士団は目指してないし。
戦うのはイヤだ。
ほとんどの女子が私と同じ方に進んだ。
どうやらみんな貴族っぽい。あ、でもひとりだけ平民っぽい子もいるな。
攻撃以外の魔法って、どんな種類があるんだろう。
攻撃魔法を選んだ男子の受験生たちは、的に魔法を当てる試験らしい。
ちょっとやってみたいな、と思ったけど。
最初に名前を呼ばれた貴族っぽいお嬢様は、水魔法だ。
小さめのプールのような場所があって、そこへ水魔法を放つ。

水魔法使いは、災害があったときに飲み水を確保できるので、優遇されると家庭教師の先生が言っていた。

じょぼじょぼ……とバケツ三杯分ぐらいの水を出したお嬢様は、疲れたようにぜーはーと息をしている。

うーん、貴族って平民とは魔力量が桁違《けたちが》いって聞いたけど、こんなもの？

いや、たまたまこの人の魔力量が少ないのかも？

次は土魔法のお嬢様。

植木鉢がたくさん並んでいるところへ行って、作物を成長させる。

五分ぐらい魔力を注《そそ》いで、つぼみだった花がきれいに咲いた。

お見事。植木鉢ひとつだけだけど。

他のお嬢様たちが、パチパチと拍手をしていたので、どこかの有名な貴族様かも。


そして、唯一平民っぽい女の子が名前を呼ばれて、恐る恐るという感じで前へ出た。

ブラウンのおかっぱ頭で、お嬢様方と比べると、少し幼い印象の女の子。

目の色がアイスブルーだから、水属性かな？

「マリナ嬢、水魔法……と、スキル持ちか。スキルの方を見せてもらえますか？」

はい、と小さな声で返事をして、マリナちゃんはさっき別のお嬢様が水を出したプールのところへ行く。

「氷結」と水に手をかざすと、ピシッと音がして、水が凍った。

おおお。すごい！　いいな、これ。

この世界に来て、初めて氷を見た。

夏になったら、かき氷とか作れるよね。

この世界には冷凍庫がないので、これは重宝されるはず。

ぜひお友達になって、氷をたくさん譲ってほしい。

私の収納で保存させていただきたい。

マリナちゃんは緊張した面持ちで、まだ意識を集中している。

そして、両手を前に差し出して構えた。

「アイスウォール！」

おおおー。氷の盾が現れた！

それもかなり大きい、全身を守る壁のような盾だ。

「これはウォーターウォールの応用ですね？」

「はい……あの、ウォーターウォールを出す瞬間に氷結スキルで」

「なるほど。素晴らしいです。その氷結スキルで攻撃はできないのですか？」

「それは……やったことがないので」

マリナちゃんは試験官にいくつか質問されていたが、氷を飛ばすことはできないらしい。

いや、もしかしたらできるかもしれないけど、やらない方がいいよね。

そんなことができたら、軍隊へまっしぐらだもん。やらなくて、正解。

多分、あの子も平民特待生枠だろうなあ。質素な身なりだし。

もし一緒に合格できたらあの子と仲良くなろう、なんて考えていたら私の名前が呼ばれた。


「アリスティア嬢。水魔法、土魔法……ん？　火魔法も？　本当に？」

「はい。火魔法はそんなに得意じゃないですけど。一応使える、という程度で」

ぺちゃくちゃとおしゃべりをしていた、ご令嬢たちが一斉にこっちを見た。

怖い。

前もって提出してあった願書には、適性とスキルを正直に書いた。

試験官が持っている用紙には、その情報が書いてあるんだろう。

「では、まず得意な属性から。水魔法ですか？」

「えーっと、そうなんですけど、全力じゃなくてもいいですか？」

「そうですね。後で土魔法と火魔法も見せてもらうので、余力を残してください」

……ということなので、ほどほどに。

全力でやったら、こんな小さいプールじゃ全然足りないし。

いつも貯水タンクに給水する要領で、一気にプールに水を溜める。

あふれないように、ギリギリで止めた。

まあ、大浴場ぐらいの量だね。

振り返ると、試験官が目を見開いて固まっていた。

この人、魔術師団の偉い人って聞いたけど、そんなに驚く？

「次は土魔法いきます」

「あ、ああ……どうぞ」

たくさん並んでいる植木鉢やプランターの草花を、全部巨大化させてやった。

なんせ、成長だけじゃなくて巨大化するのが私の特技だからね。

お母さんも作物の成長を促すことができるけど、巨大化するのは私特有の能力だ。

実のなる植物は全部実らせて、ほどほどに大きくしておいた。

もちろん、手加減はしましたよ。植木鉢壊れちゃうから。

それなのに、なんだか試験会場がシーンとしている。

なんなら、攻撃魔法の方の試験官もこっちを見ている。

やりすぎたかな、とも思うけど、まだ全然全力じゃないし。

ただ、手は抜かないって決めてたからね。

「火魔法は、やった方がいいですか？」

「えっ、ああ、一応見せてください」

一応、攻撃はできないことになってるから、ファイヤーボール投げたらマズいよね。

なので、両手にひとつずつサッカーボールぐらいの火を出してみせた。

ぎょっとして後ずさる試験官。なぜだ。

投げませんよ。

ペコリ、と頭を下げて戻ろうとしたら呼び止められた。

「収納スキルも持っているんですか？」

「はい、持ってます。中身を見せることはできませんが」

「容量はどれぐらい？　だいたいで構いません」

「そうですね……よくわかりませんが、荷馬車分ぐらいなら余裕で」

荷馬車一台分ぐらい収納できたら仕事で雇ってもらえると聞いていたので、適当に答えておく。

スキルはそんなに正直に申告しなくてもいいって聞いたし。

なんだか、周囲の視線が痛かったが、やるだけやったのでスッキリした。

後は結果を待つのみ！

◇

入試の結果は翌日に発表される。

遠くから受験しに来ている人もいるので、すぐに発表してくれるみたい。

合格者は朝から学園の掲示板に受験番号が張り出されるという、古典的な発表方法だ。

門が開く前から、たくさんの受験生が詰めかけている。

落ちてもいいと思ってはいたけど、やっぱりドキドキする。

魔術科、と大きく書かれた張り紙を見つけて、そこに名前を発見！

「魔術科　首席合格　受験番号一八七番　アリスティア」


やった！　二年間頑張って勉強したかいがありましたっ！

お父さんにやるならトップを目指せと言われていたから、これで胸を張って報告できる。

まさか首席とは思ってなかったけど、本当に良かった。

これなら少なくとも舐められることはないよね。


マリナちゃんは、なんと次席だった。優秀！

そういえば、魔法の実技で目立ってたのって、私とマリナちゃんだけだったよね。

あれで点数を稼げたんだろうか。

平民ワンツーフィニッシュの快挙だ。

ただし、発表されている人数を見ると、受験していた人はほとんど合格したようだ。

元々受験生が少ない魔術科だから、魔法が使えるというだけで合格するのかもしれない。

特待生でなければね。


入学は一ヶ月先なので、とりあえずいったん家に帰るんだけど、少しお小遣《こづか》いをもらってきたのでお土産でも探しに行こうかな。

といっても、どこへ買い物に行ったらいいのかわからない。

誰かに聞いてみようかな……とウロウロしていたら、マリナちゃんを見つけた。

入試のときにはシンプルな服装だったけど、今日は可愛《かわい》い花柄のブラウスを着ている。

このまま家に帰るつもりなのか、大きなトランクを持っている。

ひとりで来ているみたいだから、声かけてみてもいいよね。

よし、聞いてみよう。

「マリナちゃーん！」

「あっ……あなたは、えっと、アリスティアさん」

「覚えてくれてたんだ！　ふたりとも受かったね～！」

「はい、受かりました。良かったです」

「入学したら平民同士仲良くしてね」

「こちらこそ、よろしくお願いします。良かった、私ひとりだけじゃなくて」

試験のときはかなり緊張した顔だったけど、さすがに今日は笑顔を見せてくれた。

私もホッとしたよ。全員貴族だったらどうしようかと思ってた。

「私、家族にお土産買いたいんだけど、どこか近くでお店知ってる？」

「お店ですか？　どんなものを買いたいのですか？」

「できたら甘いお菓子とか。弟がいるの」

「それだったら、私もご一緒します。いくつか心当たりがあるので」

「ありがとう～助かる。私、二年前にカイウス領に移住してきて、全然土地カンがなくて」


それから、マリナちゃんの案内で、スイーツのお店に連れていってもらった。

以前、家族や親戚の人と観光に来たことがあるそうだ。

あの辺鄙《へんぴ》な村にいたときには、甘いお菓子なんて無縁だったから、全部買って帰りたいぐらい。

この世界にもケーキとかクッキーとかあるんだーと、移住してきてほんとに良かったと思った。

帰りの馬車には時間の余裕があったので、カフェに入ってみることにした。

お腹《なか》もすいていたので、ドーナツのようなお菓子とサンドイッチを注文。

なんと、この世界にはコーヒーもあった。涙が出そうなぐらい懐かしい。

うちの農園でコーヒー栽培できないだろうかと、思わず考えてしまった。


お互いに自己紹介をする。

マリナちゃんは私の実家よりもさらに南の、海辺の漁師町から来たそうだ。

実家は代々漁師で、女性は魚を加工したり、貝をとったりして、仕事は結構あるらしい。

五歳の適性診断では水魔法の適性と言われたらしいんだけど、氷結スキルがあるとわかって家族からは喜ばれたそうだ。

魚を冷やしておけるもんね。

この世界がどういう仕組みになっていて、なぜ特別なスキルを授《さず》かるのかはわからない。

でも、マリナちゃんにスキルを授けた神様は、きっと私と同じ神様なんじゃないかと思う。

ちゃんとその人にとって一番必要なスキルをくれたんだよね。

実家で仕事があるならなぜ学園に来たのかと不思議に思ったんだけど、マリナちゃんには弟と妹がいて、漁業だけでは家計が苦しいらしい。

それで、特待生になったら、辺境伯家に雇ってもらえるのではないかと思って志願したんだって。

せっかく特別なスキルを持っているんだから、生かさないともったいないよね。

うちのように薬草農園なら乾燥して貯蔵することもできるけど、魚はナマモノだからねえ。

近場で売るだけなので、そんなに儲かる仕事ではないらしい。

でも……その問題って、私とマリナちゃんなら即解決だよね。

氷結と収納って、控えめに言っても最強コンビじゃないかと思う。

「食材運び放題だよね」って言ったら、マリナちゃんは目をキラキラさせて笑った。

あ、そうだ。いいこと思いついた。

「ねえ、お願いがあるんだけど、お土産にマリナちゃんの氷、少し分けてくれない？」

「氷……ですか？　いいですけど、どうするんですか？」

「家族に冷たい飲み物を飲ませてあげたいの！　もうそろそろ暑いでしょう？」

「ああ、そういうことでしたら」

なんと、マリナちゃんは自由自在に氷の形を作れるらしい。

カフェを出てからバケツをいくつか買って、そこにキューブ形の氷をいっぱい出してもらった。

すごい。うれしい。

魚を運ぶときに、いつもそうやって細かい氷を作ってるんだって。

まとめて収納に放り込んだら、マリナちゃんが目を丸くしている。

収納スキル、見たの初めてらしい。

いや、私も自分以外の人が使っているのは見たことないけどね。


帰りの馬車は途中まで一緒だったけど、マリナちゃんの家の方が遠い。

入学式の前日に学生寮で会おうと約束して、別れた。

この世界で初めて友達ができて、めちゃくちゃ楽しかった。

学園を目指して良かったな。


いよいよ学園に入学ということになって、ひとつ問題があった。

今まで溜め込んできた、収納の中にある大量の作物をどうするか、ということだ。

私が寮に入ってしまうと、実家では必要なときに在庫を引き出すことができない。

自宅で消費する食料ぐらいは、週末に帰って出しておけばいいんだけど、急に必要になったときにはどうするか。

この問題は、ひょんなことから解決した。

『収納したものを、元の場所へ戻す』というスキルの使い方を発見したからだ。

例えば、テーブルの上にあったペンを収納して再び出そうとしたときに、元の位置に戻ることをイメージすると、ちゃんとテーブルの上に出すことができる。

これを、よその場所へ出すことはできないんだけど、収納したときの位置に戻すことはできるのだ。


つまり、目の前に出すのか、元の場所に出すのかを選択できる。

意識せずに自然とやっていたことが、役に立った。

それに気づいたので、一日がかりで広い倉庫に、収納したものを出して入れ直した。

これが大変な作業だったけど、これで『自宅の倉庫へ戻す』ということができる。

万が一急に在庫が必要になったときは、早馬で手紙を出してくれたら、半日で届く。

便利なスキルの使い方を見つけて良かった。


つまり、収納スキルというのは、物質を瞬間移動させる機能でもあるわけだ。

収納したときの『座標』を記憶しているのかな。位置情報というか。

これはもっと使い道があるかもしれないと思う。

例えば、箱。

自宅で箱を収納する。その箱に中身を詰めて、元の位置に戻す。

これができるとすごく使い道が広がる。

ただし、これをやろうとしたら、収納の中で箱に中身を入れる必要がある。

一度箱を出してしまうと、その座標が新たに記憶されてしまうからね。

もし、収納内で箱に中身を入れて自宅へ戻すことができたら、宅配便として使えるんだよなあ。

そのへんのことは、学園で勉強するうちに解決できるかもしれないと思い、ノートにアイデアをメモしておく。

これができるようになったら、宅配革命が起きそうだ。

配達したい家であらかじめ箱を収納しておく必要はあるけど。

第四章　カイウス学園へ入学しました！

準備を整えて、入学式の前日、学園の寮に向かった。

入学式には親も参加できるんだけど、うちはカイルがいるからね。

それに、家に使用人がいないから留守にするわけにもいかないし。

両親は心配してたけど、私はひとりでも大丈夫。

学生寮は、所謂《いわゆる》ワンルームというやつで、十帖ぐらいの部屋に簡易キッチンがついている。

コンロは魔道具でガスコンロみたいなやつ。

さすが魔術科のある学園の寮で、貴族様向けの最新仕様だ。

なんとシャワールームもついていて、これも魔道具！　すごい。

実家につけてあげたいなあ、と思う。

うちなんてつい最近まで井戸の水を汲んで沸かしてたからね。

私がいなくなって、畑の水やりが大変だろうなあと思ったんだけど、お父さんは心配しなくていいと言った。

私がいないと維持できない畑ではダメだから、必要なら人を雇うと言って。

まあでも、野菜と違って薬草は週に一、二度水やりをするだけでも育つから。

後はカイルが頑張ってお手伝いしてくれることを祈る。

収納から荷物を出して部屋を整えていると、コンコンと小さくノックの音がした。

「マリナちゃん！　よく部屋がわかったね？　今着いたの？」

「うん、下の管理室で聞いたら、隣だったの」

「隣？　うれしい！」

「うん、どうやらこの階は私たちだけみたいだよ。貴族の女性は別の階なんだって。もっと広い部屋らしい」

「ああ……そういうことね。でも、この部屋だって十分広いと思わない？」

「広いし、設備もいいよね。私の貧乏な実家よりずっと贅沢《ぜいたく》」

「うちも、シャワーなんてないし、魔道具コンロなんて初めて見た！」

「本当に魔術科に入学できたんだって、実感わいてきちゃった」

マリナちゃんの話では、貴族の人は侍女とか従者とかを連れていることが多く、２ＬＤＫとか３ＬＤＫとかの部屋らしい。

そのへんは爵位によって、差があるようだ。

でもはっきり言って、前世のあのワンルームよりはるかに良い部屋だ。

そして、今の私には無限に近い収納があるしね！

今まで大量にいろんなものを入れてきたけど、いまだに入り切らないということがないから、収納力は計り知れない。

窓から見える学生寮の門のところには、貴族の子息や子女が到着して、大型の馬車がひしめくように停まっている。

裕福な人たちは、家具まで持参してきたようだ。大層な引っ越し作業をしているのが見える。

私の収納は、どんなに大きな家具でも運べるし、目の前でイメージしたように出せる。

力も必要ない。私、いざとなったら引っ越し屋さんで稼げるんじゃないだろうか。


マリナちゃんも小さい弟妹がいて、両親は入学式に参加できないらしい。

仲間がいて良かった。

その晩は、私が自宅から持ってきた母の手料理と、マリナちゃんの実家特製の干物を焼いてもらって、一緒にご飯を食べた。

マリナちゃんって、長女だけあって、お料理や家事が得意みたい！

あ、私も長女だった……


翌朝、マリナちゃんとふたりで、新品の制服に着替えて、入学式の会場に向かった。

この学園には制服があるのです。うれしい。

学科ごとに襟《えり》の色が違っていて、魔術科の襟は赤です。エンジに近い色。

騎士科はブルーで、普通科は白、商業科は黄色と説明があった。

制服といえばセーラー服とかブレザースーツなんかを思い浮かべるけど、この世界では全然違う。

魔術科はローブですよ、ローブ。

襟の色分けなんかしなくても、見るからに魔法使いです！

前世で、魔法使いが主役の学園モノ映画にハマっていたことがあったけど、まさにそんな感じ。

コスプレみたいでテンションが上がる！

だけど、会場に到着してみて驚いた。

制服を着ているのは、私とマリナちゃんだけだ。

お嬢様方はきらびやかなドレスを着ているし、騎士科の男性はそれぞれの家紋が入った豪華な騎士服を着ていたりする。

そういえば、入学式の服装って、特に指定されていなかったっけ。


そして、私が説明を見落としていたのか、なんと入学式後は歓迎のダンスパーティーがあるんだと！


ダンスなんてできませんって！

生まれてこのかた、踊ってる人を見たことすらありません。

マリナちゃんとふたりで、ダンスの授業があったら一緒に受けようと誓った。

平民にはダンスなんて無縁だけど、お貴族様に失礼がないよう、最低限のマナーの勉強は必要だ。

色とりどりのドレスや騎士服の人たちの中で、ローブ姿の私たちは、逆に目立つ。

『The 平民』という目で見られているのがよくわかる。

マリナちゃんは申し訳なさそうな顔をして、ずっと俯《うつむ》いている。

まあ、私も居心地は少し悪いけど、前世の記憶があるせいか、身分の違いはそれほど気にならない。

関《かか》わらなければいいだけだ。

むしろ、はっきり差別化してくれた方がわかりやすい。

ひとりぼっちだと寂《さび》しいけど、マリナちゃんという友達ができたしね。


魔術科の席へ案内されて座ると、今年の新入生は十八名だと聞かされた。

確か受験生は二十名ほどだったから、ふたりほど脱落したのかな。

一クラス十八名で、三年間一緒に過ごす。

そのうち、平民はどう見ても二名。

入学式は学園長の挨拶《あいさつ》から始まり、在校生代表、入学生代表の挨拶と続く。

在校生代表は三年生の首席、カイウス騎士団長の息子らしい。

そして、入学生代表も騎士科の人だった。

つまり、辺境伯領だから、騎士が花形なんだろうな。

そういえば、魔術科の入学生は、他の科に比べてちょっと地味だ。

インテリっぽいというか、ひょろっとしていてオタクっぽい男子もいる。

運動が苦手で、お勉強好きな人が入学しているイメージだ。

女性は皆ドレスを着ているので、多分貴族なんだろうけど、よく見ると地味な人もいる。

すみっこの方に座っている、おさげ髪にメガネの子。

おとなしそうな感じだから、もしかしたら仲良くなれるかもしれないな……と思ったりした。


入学式が終わると別会場に移動して、立食パーティー。

なんと、そこで『エスコート』というマナーがあると初めて知りました。

婚約者がいる人は、基本的にパーティーには一緒に参加するらしく。

入学式には参加していなかった婚約者さんが迎えに来ているのを見かけた。

パートナーがいない人は、お父さんやお兄さんにエスコートしてもらっている。

私とマリナちゃんはすっかり壁の花なんだけど、貴族社会の縮図を観察するのは面白《おもしろ》い。

お芝居でも見ているような気分だ。

制服を着てるから、誰《だれ》もダンスになんて誘ってこないし、マリナちゃんとふたりでお料理やスイーツを楽しんだ。

みんな食べないんだもんなあ。

私は帰る前に、大量に残っているスイーツを、収納に放り込《こ》んだ。

だって余ってたらもったいないもの。捨てるなんてバチが当たります。

一応、お片付けをしている人に持って帰っていいか聞いてみたら、「どうぞどうぞ」と言ってくれたので。

あ、お皿は盗んでませんよ。お菓子だけね。

平民連帯感で、マリナちゃんとはすっかり打ち解けた。

気を使わず、アリス、マリナって呼び合うことにした。

同い年なんだしね。

「想像はしてたけど、想像以上だったわ……貴族の集まり」

「あんな人たちの中で、本当にやっていけるのか不安になっちゃった……」

寮に戻ってお茶を飲みながら、ふたりで盛大にため息をつく。

マリナは辺境伯に雇われることが目標だから、私より道は厳しいよね。

私は、勉強さえしたら、後は実家に帰って農園で働くつもりだから。

出世を目指していない私のような存在は、この学園ではめずらしいかもしれない。

でもなあ。マリナの氷結スキルって、前世の知識で考えると、すごく使い道あると思うんだよなあ。

騎士以外の職業で辺境伯に雇われるって、魔術師か文官しかないだろうし。

せっかくのスキルを生かせる仕事を探せたらいいのに。

例えば、フルーツとかミルクでシャーベット作れるし?

王都でカフェでもやったら、絶対繁盛すると思う。

ただし、それには収納スキル持ちの私がセットという前提なんだけど。

そんな夢のような話をしながら、マリナとふたりで『スイーツ同盟』を作ろうと盛り上がった。

時間があるときに、冷たいスイーツの開発をするのだ！

◇

翌日はオリエンテーションの日で、魔術科の授業の説明や、選択科目の提出、教材の販売などが行われた。

私たちはもちろん、教材も無料ですよ。

ちなみに食堂もタダです。素晴らしい。辺境伯様に感謝。

お父さんが言ってたけど、王都に比べて辺境伯領は実力主義なんだそうだ。

役に立つ人材は、平民であっても重用されるんだとか。

魔術科は他の科と違って、授業への出席は自由選択制になっている。

もちろん、全員参加の一般教養の授業はあるが、それほど多くない。

それぞれ、自分が専門的に勉強したい内容の授業を選んで、それを提出する。

属性が違うと、一緒には教えられないようだ。

私は、学園では水魔法を最優先で勉強すると決めていた。

土魔法は母が使えるし、火魔法はカイルがそのうち覚えるだろうから。

それに火魔法は攻撃に向いているから、これを極めると軍隊まっしぐらだ。

水魔法の選択科目は、ポーション作成やら、浄水など、実用的なものが多い。

『転写』なんていうものもあって、何かと思ったら、インクで書かれた図や文書などを複写できるんだそうだ。

文官として重宝されるらしい。

基本的に液体を操《あやつ》れるので、複写以外にも印刷関係でいろんなことができそうだ。

まあ、私は文官には興味がないので、そのへんはスルーだけど。

後は、『治癒』が水魔法だ。

これが貴族女性には大人気で、ほとんどの人が治癒師を目指しているようだ。

良い嫁入り先を選べる、という理由らしいけど。

血液の流れを良くしたり、火傷《やけど》を治したりできるらしいが、すごく難しそう。

私のように農業の片手間で習得するのは無理だろうなあ。


マリナと一緒に、先にだいたいの水魔法の授業を決めて、余った時間で土魔法の授業を選択する。

すると、『錬金』という授業があった！

なにそれ、面白そう。

説明を読むと、『土の中から金属の成分を取り出す』などという地味な作業をするらしい。

下働きのような仕事だから、貴族様は嫌がるだろうけど、私は興味がわいた。

土の成分を操れるようになったら、きっと農業にも役立つと思うのだ。

授業の選択は、半年ごとに変更もできるらしいので、とりあえず興味のあるものを決めて提出した。

ちなみにマリナは、それなりに魔力量があるので、風魔法の授業にも出てみるようだ。

実家が船で漁業をしているので、風には興味があるんだね。

一般教養の方にも選択科目があって、ちゃんと『マナー講座』や『ダンス講座』があった。

平民でも参加できるのか一応聞いてみたら、むしろ推奨すると言う。

貴族の人はすでにそういった教育を受けているので、まったく知らない人のための基礎講座らしい。

今後も学園でパーティーが開催されることはあるので、これはマリナとふたりで参加を決めた。

辺境伯家の侍女や家令をしている人が教えてくれるらしく、普通科や商業科の人たちと一緒に受けるようだ。

◇

オリエンテーションの翌日から、さっそく授業がスタートした。

午前中は魔術科の共通科目で、『魔術基礎理論』の座学である。

貴族の人とは違って、今までそういうことを教えてくれる人がいなかったし、教科書を見るのも初めてだ。

きっと必死で勉強しないと、ついていけないだろうと思う。

入学したときに首席だったから、なんとか維持したいところだけれど。

まず最初は四属性の特性や、できることなどの説明からスタート。

必死でノートをとっているのは、私とマリナだけだ。

受験勉強をしていたときは、家庭教師から一般教養しか教わってなかったしね。

知らない情報が次々と出てきて、頭がパンクしそう。

貴族の人たちは、そんなことは当たり前だというような顔で、授業を聞いている。


この授業で、面白いことを知った。

魔法には四属性魔法以外に、無属性魔法と呼ばれる、時間や空間を扱う上級魔法が存在するそうだ。

例えば、マリナが凍らせた水を、先生が元の水に戻した。

一見簡単なように思えるけど、これは氷という物体の時間をほんの少し巻き戻しているらしい。

スキルというのは、なぜそんなことができるのか、解明されていないものも多い。

収納スキル持ちがレアなのは、生まれつき空間を操ることができるからだそうだ。

そこで気づいてしまった。

収納に入れたものを、元の場所へ戻すスキル。

あれって、時間を巻き戻しているんじゃないだろうか。

私は自然と使えるようになったけど、レア中のレアかもしれないなあ。

いずれ空間魔法について勉強してみたいと思ったけど、そんなことを研究しているのは国の研究所の上級魔術師レベルの人らしい。

私には無理か。


午前中の座学が終わり、昼食を食べてから、私は錬金の授業へ。

今のところ、同じクラスの人は会釈で挨拶をする程度で、これといった問題は起きていない。

向こうも私に関心がなさそうだ。ありがたい。

このまま平穏な三年間を過ごせますように。

マリナは風魔法の授業に出るので、放課後に寮でまた話そうと言って別れた。


超楽しみにしていた『錬金』の授業。

教室に入って、ちょっと驚いた。

生徒は私を含めて三人……

先生はすでに来ていて、慌てて着席する。

研究者の白衣のような服装で、ボサボサ頭の男の先生だ。

三十代ぐらいだろうか。

すでに男子ひとり、女子ひとりが、一番前の席に離れて座っている。

見覚えのあるふたり。

入学式で地味だなーと思っていた、おさげ髪の女の子と、オタクっぽいモヤシくんだ。

軽く挨拶をして、ふたりの間に座る。

「あぁ、揃《そろ》ったようなので、授業を始める。まずは自己紹介をしよう。私はマンガス・セドック。辺境伯領の鉱山研究をしている。錬金の授業は生徒が三人しかいないので、気楽にやろう。君たちも自己紹介してほしい」

おさげの女の子は、ローレン・オルセットと名乗った。男爵家長女らしい。

一見地味なようだけど、よく見ると高級感のある髪留めをつけていたりして、やっぱり貴族だな、という感じ。

モヤシくんは、ケイシー・ノラン。子爵家三男。カイウス辺境伯の分家筋だとか。

銀縁の眼鏡《めがね》をかけていて、クールなシルバーブロンドの髪。インテリっぽい感じだ。

私は名乗る苗字《みょうじ》もないので、平民だと前置きして、実家は農園だと自己紹介した。

「では、まず授業の前に、なぜ錬金を選択したのか、それぞれ目的を話してほしい。それによって、今後の授業も実践的なものにしていけるからな」

「私は、男爵家の跡継ぎで、いずれ鉱山の管理をしなければなりません。そのための勉強をしてこ

いと言われています。それと、趣味として貴金属の加工に興味があります」

男爵家の跡継ぎ、という言葉に、モヤシくん、いやケイシーくんがぴくっと反応していた。

子爵家三男だと、婿入り先を探してるのかもしれない。

このふたり、結婚したらぴったりじゃない？とか思ってしまう。

それにしても、貴金属の加工って、貴族らしい趣味だなあ。

アクセサリーとか作れるのかな？

「僕は、魔力はあるけれど、体力がないし、跡継ぎでもない。学園卒業した後仕事に困ったら、金属の加工職にでもつこうかと思って」

うーむ。なんともマイナス思考。

せっかく貴族に生まれて、学園に入れてもらってるのに、金属加工所で働くつもりなのか。

子爵家の三男ってそんなに就職厳しいの？　考えが平民と変わらない感じだ。

「私は、卒業後は実家の薬草農園で働きます。そのため、土の加工に興味があります」

ふむふむ、と納得したように、先生はメモをとっている。

三人しかいないから、それぞれの目的に合った内容を教えてもらえるとありがたいな。

「よし、だいたいわかったぞ。このクラスは三人しかいないが、成績上位者ばかりだ。皆家業のことを考えていて、しっかりしている。仲良くするんだぞ」

三人で顔を見合わせると、ローレンは私に向かってよろしくと言うように軽く頭を下げた。

真面目《まじめ》そうで、悪い人じゃなさそうだ。

セドック先生も、白衣にしわがよっていたりして、ちょっとだらしなさそうな見た目だけど、屈託《くったく》のない人みたい。

そこからは、錬金でどんなことができるのか、という概要を教えてもらった。

『錬金術』というと、魔法で金を作り出せるというイメージだが、実際は違う。

地中の成分を分解して、そこから特定の金属だけを抽出するということらしい。

金は金鉱山にしかないし、採掘するのは平民の労働者だ。

鉱山労働者は、犯罪者や強制労働者などが多く、職場としては人気がない。

しかし、高度な錬金ができる人は少ないため、就職に困ることはないそうだ。

そりゃそうだよね、ここにすら三人しかいないのに、いったい世の中に錬金術師がどれだけいるのか。

ケイシーくん、案外堅実だったんだね。

三人のうちふたりが金属加工をしたいということで、まずは簡単な金属の加工から教わる方針になった。

私が錬金を選んだのは、ほとんど興味本位なので、別に問題はない。

趣味でアクセサリーとか加工できるようになるといいな。

セドック先生は、まずイメージできることが大切だと言って、石や土の入った箱をいくつか用意していた。

それぞれ、違った金属が含まれていると言う。

「まずは、わかりやすいところで、鉄だ。石や土には鉄分が含まれていることが多い。鉄を抽出して加工できるようになれば、なんでも作れるぞ。それこそ武器でもな」

セドック先生が土の上に手をかざすと、にじみ出るように鈍い色の金属が浮き出てきた。

そして、それが手のひらに乗るぐらいの小さな塊になった。

まるで魔法みたい……というか、魔法だった。

「まあ、こんな感じだ。まずはこれができるようになってもらう。錬金の基本だからな。加工はその次の段階だ」

鉄の色や質感、性質などをしっかり頭に思い浮かべて、土を分解するイメージ。

すごく抽象的で難しい。

今まで水を出したり、野菜を育てたりしてきたけど、それよりはるかにイメージしにくい。

ローレンはさすがに鉱山を所有する貴族家なので、あっさりと鉄の抽出に成功していた。

子どもの頃からやっていたらしい。


前世の学校で習った元素記号というのをぼんやりと思い出す。

試験に出るので、それだけは暗記していた。鉄はＦｅだっけ。

あと、土に含まれていそうな金属っていうと、銅とか?

「おい、こら。アリスティア嬢。何をぼーっとしてる?」

いけない、余計な考え事をしながら魔力を出してたら、土の表面が白っぽくなってしまった。

なんだこれ。鉄じゃないよね?

セドック先生は、土の白くなった部分を指でつまんで、しげしげと眺めた。

「ははは、こりゃあ……畑の肥料だな」

「えっ、あっ、すみません。つい別のことを考えてしまって」

「いや、いいぞ。これはこれで、アリスティア嬢の目的に合っているからな。抽出のイメージがつかめれば今はそれでいい」

「肥料なんですか?」

「まあ、成分の調整は必要だろうけど、肥料に混ぜて使えるな」

へえ。ちゃんと作れるようになったら、両親が喜ぶだろうなと思ったら、ちょっとうれしい。

ケイシーくんもなんとか純度の低い鉄を生成できたようで、今日の授業はそこで終わった。


寮に帰ると、マリナはすでに戻っていて、私の足音で部屋から顔を出した。

「おかえり~!　錬金どうだった?」

「うん、楽しかったよ。生徒は三人しかいなかったけど。そっちはどうだった?」

「風魔法の基礎講座なんだけど、ふたりだったよ」

「え、そうなの?　なんで?」

「風適性の人って、みんな戦闘実技の方にいっちゃったみたい。基礎はあんまり使い道ないからって」

マリナの話によると、風魔法の使い道は、風の刃を放つような攻撃に使うか。

もしくは、小さな竜巻を起こして、敵を吹き飛ばすか。

または、風を身体にまとって、身体強化したり、速く走ったり。

つまり、戦うことに特化しているスキルが多いらしい。

「でもね。風を操る基本がわかれば、船が逆風にあったときなんかにすごく助かるの。今日はね、部屋の空気の入れ替えを教えてもらったんだよ！　窓をあけて部屋の中から外へ風を起こすと、ほら！」

ははーん。これはつまり、魔法扇風機ですね。

マリナは氷結スキルを持ってるんだから、ひょっとするとブリザードを起こせたりして。

意外と風魔法と相性いいかも？

「ブリザードって何？」

「吹雪、ってわかる？　寒い地方で雪の嵐《あらし》みたいな暴風が起きることなんだけど」

「へえ……うちの地方では雪が降らないから、ちょっとイメージできないけど」

「つまり、氷結した細かい氷を、強風にのせて吹き飛ばす感じかなあ。そんなことができたらすごいよね」

「ああ……そういうことか」

マリナがちょっと嫌な顔をしたので、どうしたのかと思ったら、子どもの頃に魔力暴走したことがあるらしい。

そのときに、あたり一面を凍らせてしまったんだそうだ。

本人は気絶して覚えてないらしいんだけど、雪と暴風で家の中がめちゃくちゃになったんだって。

それぞれ。それがブリザードよ。

「マリナって、入試のとき試験官に氷を飛ばせないのかって聞かれてたよね？　ほんとにできないの？」

「……実は、できる」

「やっぱり」

マリナも私と同じで、氷を飛ばすことができたら、攻撃チームに入れられてしまうと思ったらしい。

秘密を打ち明けてくれたから、私も実はファイヤーボールを飛ばせると打ち明けた。

同じ理由でやらなかったけど。

「だと思った。だってアリスが両手に火を出したとき、みんな一斉に避けたよ。飛んでくると思って」

「だよねえ。だけど、私は火魔法をこれ以上鍛えるつもりはないんだ。私、人より魔力量が多いらしくて、何やっても大きくなっちゃうから、制御が難しいの。火魔法なんて危なくて」

「なるほどねえ。魔力が多いのってうらやましいけど、それはそれで悩みがあるのね」

マリナは指先から小さな塊をピシュッと飛ばして、それは壁に当たって落ちた。

まるで氷の弾丸みたい。

「こんな小さい氷なら飛ばせる。でも、これだって危ないよね。先が尖《とが》ってたりしたら」

「確かに」

マリナは氷結スキルの方がめずらしくて注目されがちだけど、風魔法も結構得意そうだ。

海辺で育ったからかな。

五歳の適性診断のときは、水適性のブルーの色が薄くて、白に近かったらしい。

私はあんな僻地《へきち》の村の教会だったから、二属性でもめずらしがられたけど、貴族だったら二属性ぐらい使える人は多いようだ。

私は自分で風魔法は使えないと思っていたけど、ファイヤーボールを飛ばせるなら、少しは風魔法も使えているはずだとマリナに言われてしまった。そうかも。

練習すれば換気ぐらいはできるようになるのかな。

「そうだ。私、週末は実家に帰るんだけど、マリナは何か予定あるの？」

「ううん、別に。うちは遠いから、長期の休みにしか帰る予定はないし」

「だったら、うちに遊びに来ない？　薬草農園しかないようなところだけど」

「いいの？」

「うん！　家族にも紹介したいし。ちょっとやってみたいことがあって、マリナの協力が必要なんだ」

「いいよ、じゃあ、お邪魔しようかな」

やってみたいこと。

それはアイスクリーム作りだ。

この世界に来てからアイスクリームを見たことがない。大好物なのに！

スイーツ屋さんにケーキが売ってるぐらいだから、バニラエッセンスのようなものは売ってるはず。

マリナの力を借りて、冷たいスイーツに挑戦したい。

「やってみたいことって？」

「ふふふ。それは内緒。お楽しみに」


週末、マリナと一緒に実家へ帰ることになった。

うちには余分なベッドがないから、寮にあるマリナのベッドを収納に入れて持っていくと言ったら、驚かれてしまった。

自分で持ち上げる必要がなく、異空間に放り込むだけなんだけど、収納スキルを持っていない人にとっては驚く光景らしい。

実家に帰る当日、朝から市場へ買い物に行った。

予想通り、バニラエッセンスは香料屋さんに売ってたし、鮮度の高いミルクや卵も入手できた。

それと、ベリーやバナナなどの果物と、チョコレートソース。

いちごやレモンを煮詰めたソースも売っていて、薄めて果実水にするらしい。

家族の喜ぶ顔を思い浮かべると、ワクワクしてくる。

マリナも、私のやりたいことがスイーツ作りだということは、察してくれたようだ。

調理道具を売っている店をのぞいて、かき氷を削るような道具はないかと探してみたが、それだけは見つからなかった。

うーん。刃物で削れるんだろうか？

大根おろしをおろすような器具はあったので、それを買ってみた。

氷を削れるかどうかは不明。


乗り合い馬車に乗って半日。一週間ぶりの我が家へ帰ってきた。

学園で密度の濃い毎日を送っていたせいか、ずいぶん久しぶりな気がする。

玄関には家族総出で迎えてくれた。といっても、三人だけど。

「お父さん、お母さん、カイル、ただいま。お友達連れてきたよ」

「まあ、こんなところにわざわざようこそ。来てくださってうれしいわ」

「学園で同じクラスの、マリナっていいます。今日はお世話になります！」

手紙で知らせてあったので、お母さんはお料理をたくさん作って待っていてくれたようだ。

カイルは少し人見知りしていて、お父さんの後ろに隠れている。

「少し休んだら、農園を案内するね。薬草がほとんどだけど、野菜もあるの」

「うん。私、薬草採集って始めてだから、すごく楽しみ！　その前に氷を入れた冷たいジュースでも飲む？」

買ってきた果実水にマリナの氷を入れてもらって、家族にはすごく喜ばれた。

お母さんなんて、「いい友達ができたのね……」と言いながら、涙ぐんでいる。

いつから泣き上戸になったんだろう。

最初は隠れていたカイルも、冷たい果実水の魅力には勝てなかったらしく、おかわりをせがんでいる。


農園にはミントやラベンダーに似た薬草があるので、マリナと一緒に少し収穫した。

スイーツの飾りにしようと思って。

それから、久しぶりの水やり。広い畑に、霧状の水をまく。

それを見ていたマリナが、私もできるといって手伝ってくれた。

これって、やっぱり風魔法の応用だよね。今ならわかる。

ふたりで思い切りスプリンクラーのように水をまき散らして、これが結構ストレス発散になった。

頭からシャワーを浴びたみたいになって、大きな声で笑った。

「あー楽しい。こんな楽しいこと初めて」

「そう？　畑を見るのって初めて？」

「薬草畑は初めて。すごくいい匂《にお》いがして、癒やされるねえ。うちの家の近くは、潮の香りしかしないもん」

水やりをした後の畑は、マイナスイオン出まくりで、薬草の匂いがして本当に癒やされる。

都会では味わえない幸せだね。

その晩は家族と一緒にごちそうを食べて、お土産に買ってきたケーキも食べた。

マリナは弟と妹がいるだけあって、カイルの扱いも慣れたものだ。

カイルもすぐに懐いて、『マリナお姉ちゃん』と言って、ニコニコしている。


翌日は、朝から待望のスイーツ作りだ。

まずは、卵と砂糖とバニラエッセンスをホイップして、煮立てた特濃のミルクを少しずつ加える。

おおざっぱな作り方だけど、多分これでそれっぽい味になるはず。

「ここでマリナの出番！」

「これを凍らせたらいいの？」

「そう。お願いします」

ちょっと不思議そうな顔をしながら、マリナが凍らせてくれた。

どんな味になるのか、想像できないみたい。

出来上がったものを、大きめのスプーンでシャリシャリと混ぜる。

うん。ジェラートみたいな感じ。

「うっわー！　おいしいー！」

「ほんと、すごくおいしいわ！」

「これは、めずらしいな！」

カイルは、おいしいおいしいと叫ぶように言いながら食べている。

そうでしょう、そうでしょう。

めったに食べられない極上のスイーツですもん。

「こんなおいしいの、簡単にできるんだ。私、今度弟や妹にも作ってあげよう」

「マリナの氷結スキルって、ほんとすごいよね。私は作れないもん」

「でも、私がいるときにたくさん作っておけば、アリスは保存しておけるよね？」

「そうなのです。協力お願いしまーす」

バニラアイスだけじゃなくて、バナナを凍らせてつぶしたものにチョコをかけたり、果実水を凍らせてシャーベット状にしたり。

カイルは口をチョコレートだらけにしてご満悦。


問題はかき氷なんだけど……

これがうまくいかなかった。

前世のかき氷機で削ったような、ふわふわの氷が作れない。

大根おろし器では無理みたい。

めた。

「うーん、もっとふわふわに削る方法ないかなあ」

「氷を削ればいいのか？」

好奇心いっぱいのお父さんが、横から口をはさんでくる。

なんせ、氷がたくさんあるということ自体、我が家ではめずらしいことなのだ。

ちょっと貸してみろ、と言ってお父さんは氷の塊をひとつつかむと、よく研いだナイフで削り始めた。

おお、粉雪のようにキレイに削っている。

「お父さん、それよ！　それ！」

「これでいいのか？」

お父さんがせっせと削ってくれたかき氷に、いちごシロップをかけて、果物をトッピングする。

私も削ってみようとしたんだけど、お父さんの方が早くて上手だ。

「これね、マリナが氷を作れるって知ってから、ずっとやってみたかったんだ！」

「よくこんなこと思いつくよねえ。私今までいろんなもの凍らせてきたけど、この発想はなかった」

「おいしいよねえ。マリナ、辺境伯家で働くのなんかやめて、スイーツ屋さんやればいいのに。絶対儲かるよ」

「確かに……就職に困ったら、そういう道もあるよね！」

「なんなら、私が在庫保存してあげるから、ふたりでお店やろう！」

マリナと一緒に、学園の近くで屋台でもできたらいいのにな。本当に。

楽しいおやつの時間はあっという間に過ぎて、学園に戻らないといけない。

カイルは「マリナお姉ちゃん、また来てくれる？」と言って悲しそうな顔になった。

マリナは週末の休みに、特に用事がなかったら、また一緒に来てくれるって！

◇

何度目かの錬金の授業の後に、めずらしくローレンが話しかけてきた。

三人の授業は、必要なことを話す程度で、それほど親しくなることもなく淡々とした関係が続いていたのだけど。

「あの……アリスティア様」

「なんでしょう、オルセット男爵令嬢」

「ローレンと呼んでくださって大丈夫です。同級生ですから」

「では、ローレン様。私のことはアリスと」

「お互いに、様とかやめませんか？　私は男爵令嬢ですが、身分とかを気にしたりしませんから」

うーん。でも、貴族様だしなあ。信用してもいいんだろうか。

用心に越したことはないと思って、丁寧すぎるほどの言葉遣いを心がけてきたんだけど。

「それで何か私に御用ですか？」

「あの、アリスは収納スキル持ちなんでしょう？　それも荷馬車以上の容量があるって聞きました」

「そうですね。一応」

「その……私も収納スキル持ってるんです。でもちっとも容量が増えなくて。誰に聞いても増やし方を教えてくれないし、そもそも収納スキルを持っている人が少ないものだから」

ローレンの話では、みかん箱一箱ぐらいの容量から、まったく増えないんだそうだ。

私はそもそも容量の限界を感じたことがないので、この相談にはアドバイスできないんだけど。

「私もあんまり詳しくはないんだけど、容量って魔力に比例するんじゃなかったでしたっけ？」

「そう聞いています。でも、私、割と魔力ある方なんです。荷馬車程度の容量があってもおかしくないぐらいは」

「そうなんですか……」

村にいたときの、神官のおじいちゃんの話を思い出してみる。

確か、異空間への入り口を開くのに大きな魔力が必要なだけで、異空間自体は無限に広がってるんじゃなかったっけ。

深く考えたことなかったけど、大きなものを入れようとすると、入り口を開くのがうまくいかないとか？

もしかすると、容量の問題じゃないかも。

「異空間への入り口を開くのに、大きな魔力を消費する……のですか？」

「うん、私に教えてくれた神官様はそう説明してくれたけど。私は収納の中に結構たくさんものを入れてるけど、それで魔力が消費されてる感じはないんだよね。ただ、収納するときに、異空間へものを移動してるだけ、という感覚かな」

「すみません、収納にものを入れるところを見せてもらえませんか？」

「いいですよ」

私は教室にあるデスクや椅子《いす》をぽいぽいと収納へ放り込んだ。

いくつか放り込んだ後に、元の位置に戻す。

「まあ、元通りに戻すことができるんですか？」

ローレンが目を見開いて驚いている。

うまく説明できる自信がないけど、私の考えている理論を伝えてみよう。

何かイメージの参考にはなるかも。

ノートとペンを取り出して、図を描いて説明してみる。

「私が今立っている場所がA地点として、異空間はB地点。その真ん中に目に見えない境目があって、入り口を開くとします。魔力を使うのはAからBへの移動だけ。大きいものだと移動にそれなりの魔力が必要なんだと思う。Bの異空間は無限に広がっているとイメージしてくださいね。なので、ローレンがみかん箱しか収納できないと思っているのは、実はみかん箱しか移動する力がないということかもしれないです。容量の問題ではなく」

「そうでしょうか」

「私、収納の容量が無制限なんじゃないかって気づいたのは、子どもの頃にわけあって大量のカボチャを収納したことがあるんです。一個一個はたいした大きさじゃないので、それをせっせと一個ずつ。そしたら、いくらでも入れられると気づいたんです」

「小さいものをたくさん、ということですね。それなら、移動にたいした魔力が必要ないから」

「そう。それで、だんだん大きいものも収納できるようになっていったんです」

「なるほど……私もカボチャで練習したらいいのかしら」

「いや、カボチャじゃなくてもいいと思いますけど。一気に大量の荷物を動かそうとすると、ダメなんじゃないでしょうか」

説明していると、ローレンの表情が、少しずつ明るくなっていった。

練習してみようという気になったようだ。


「それと、さっきの元の場所に戻すのは、どうやってるのですか?」

「あれも、自然と覚えたので私自身は無自覚だったんですけど。多分、異空間へ移動するときに、元々の場所の座標……というか位置の情報をスキルで記憶してるんだと思います。で、おそらく、これは想像ですけど、異空間の中は時間経過が止まっているので、ちょっと時間を巻き戻せば元の場所へ戻ってくる。……ということかなあ」

そこまで説明したときに、教室の後ろ扉から、パンパンパンッと拍手をする音がした。

「正解だ。アリス嬢。自力でそこまでたどりついたのなら、たいしたもんだ」

「セドック先生」

「もう少し補足すると、収納スキルはさっき君が説明していた、A地点とB地点の両方の座標を記憶している。AとBが、一本の糸で結びついているような感じだな」

「だから、異空間収納内で、ものがごっちゃになったりしないんですね」

「その通り。でないと、収納したものを引っ張り出せないだろう？」

よかった。私が想像していた理論が正しかったみたいで、スッキリした。

ついでだから、ずっと気になっていたことを聞いてみよう。

「先生、実は私、ずっと前から気になっていたことがあるんですけど。異空間の収納の中で物質を移動させることは可能ですか？」

「それはまた、どういう目的で？」

「例えばなんですけど、収納の中のB地点に箱があるとします。そして、C地点にカボチャがあるとします。このカボチャをCからBに移動させて、箱の中に入れることができないかなあって」

「それは、いったん箱とカボチャを外に出して、入れたらすむことなんじゃないのか？」

「それではダメなんです」

私は実家の野菜の在庫を大量に収納に入れていて、必要なときに実家の倉庫へ送り返していることを説明した。

A地点へ戻す、というやり方で。

「なるほど。Ｃ地点にある物質を外へ出さずに箱の中へ移動させることができたら、箱と一緒に実家へ送ることができる、と考えたわけか」

「そうなのです。いったん外へ出してしまうと、座標が変わってしまうので」

「アリス嬢。はっきり言って、その思いつきは素晴らしいと思うぞ。だけど、それは国のトップクラスの魔術師が研究するような課題だ」

「そうですか。やっぱりそうなんですね……残念」

やっぱりできないのか。残念だなあ。

いつか、誰かが研究してくれないだろうか。

「諦《あきら》めるのは早いぞ。君のその座標という概念は素晴らしいし、卒業論文にしてみたらどうだ？　今から三年もあれば、完成するかもしれないじゃないか」

「完成するでしょうか……」

「まあ、完成したら首席は間違いないだろうな」

「アリスってやっぱり入学時首席だけあって、魔力だけじゃなくてすごく賢いのね。驚いたわ。それに時間魔法も使いこなしているだなんて」

それは、神様がチート能力をくれたからなんですけどね、とは言えないので、なんだか申し訳ない感じだけど。

卒論のテーマができたというのは、喜ばしいことだ。

「私、アリスの言う通り、小さなものをたくさん収納する練習をしてみるわ！　ね、先生、それでいいんでしょう？

「そうだな。そうして、少しずつ大きなものを移動する練習をするといいだろう」

「これって、もし同じ空間内でできたら、つまり物質の瞬間移動ってことですよね？」

「そうなんだよなあ……その年でそんなことに気づいてしまうのか。アリス嬢は。末恐ろしいな」

その年でって、私、実年齢プラス十八年生きた記憶がありますからね。

精神年齢三十歳ですよん。

その授業以来、ローレンとはかなり打ち解けた。

どうやら、ローレンは人見知りなだけで、一度仲良くなると親切で面倒見のいい子みたい。

マリナも紹介して、三人でお昼ご飯を食べることも多くなった。

私たちふたりが平民だから、さりげなく私たちが知らないことを教えてくれたりして、フォローしてくれている。

ローレンはさっそく収納の練習を始めたんだけど、大量に入れるようなものがないので、学園の裏庭にある不用品置き場で、不用品を片っ端から詰め込んでいるらしい。なんと真面目な。

その詰め込んだ不用品は、どこへ出すつもりなんだろう。

それでも、少しずつ入れられる量が増えてきたと、本人はニコニコしている。

ローレンの収納はまだ時間停止ができないらしいので、食品は入れられないんだって。

入れっぱなしで忘れていて、腐ったら悲惨だもんね。

時々、セドック先生に空間魔法のことを質問したりしているんだけど、空間魔法や時間魔法を学園で教えないのは、上級魔術院で研究する科目だかららしい。

使える人が少ないし、教える側の教師も使えない人がほとんどだしね。

戦争や犯罪にも使える魔法なので、上級魔術院もあまり情報を開示しないそうだ。

それなら、私が卒業論文に書くのはマズいんじゃないかと思ったけど、自分のスキルについて書く分には大丈夫だと言われた。

ホントかな。

今日は、水魔法でポーションを作る授業がある。

マリナも一緒なので、楽しみにしていた授業だ。

治癒を専攻している女子も参加するので、クラスの貴族女子はほぼ全員だ。

あ、ローレンは水魔法の適性がないらしいので、不参加だけど。

この世界は、ポーションという『体力回復薬』がある。

材料は数種類の薬草で、大怪我《けが》を治したり、欠損した腕を生やしたりというような、小説に出てくるみたいな劇的な効果はない。

『治癒力を高める』という、曖昧な効果だ。

その割に値段が高いので、それなりに効果はあるんだろう。

うちには材料の薬草がいくらでもあるので、ポーションを作る技術だけは、ぜひとも習得したいと思っていた。

下級ポーションというのは、滋養強壮剤みたいなもんだと思う。

一時的に元気が出るけれど、怪我を治すほどの効果はない。

それでも、騎士団には大量に納品されているらしいから、商売としては下級ポーションでも成り立つようだ。

私が知りたいのは、医薬品として認められるほどの効果がある、中級以上のポーションだ。

魔力のない人には作れないポーション。

いったいどんな魔力を込めたら、そんなものができるんだろう。


ちなみに、授業で習う中級ポーションは、怪我を塞《ふさ》いだり、火傷を治したりできるらしい。

水魔法を使うということだから、皮膚の水分に働きかけるんだろうか。

というわけで、今日は初めての授業なので、下級ポーションから。

乾燥した薬草を煮詰めて、ろ過する。

なんとなく、漢方薬の調剤師にでもなった気分だ。

傷に効果のあるヒポテ草。

炎症に効果のあるブルーローズ。

抵抗力を高める効果のネギク草。

基本はこの三種類が下級ポーションの材料だ。

それに、胃腸薬だったり、痛み止めだったりを混ぜて、いろんな種類のポーションを作れるらしい。

ヒポテ草やネギク草は、育てるのが簡単で丈夫なので、村に住んでいたときにも出荷していた。

ブルーローズは、バラに似た匂いがするというだけで、薬草だ。

青くて小さな花が咲くけど、全然バラには似てない。

辺境伯領で多く栽培されているらしく、うちも引っ越してきてから栽培を始めた。

今日作る下級ポーションは、この三種類を均等に混ぜて、そこに魔力を流すという説明だった。

なぜ、魔力を流すとポーションの効果が高まるのか？という説明はない。

なぜだ。なんだかモヤッとする。

混ぜただけじゃダメなんだろうか。

私がこんなふうに、根拠を求めてしまうのは、前世の習性だろうか。

まあ、百聞は一見にしかずというし、とりあえずやってみよう。

三種類の煮汁を混ぜると、茶色っぽい濁った色なんだけど、魔力を流すとそれがきれいな透明になる。

そしたら、出来上がり。色が変わるのでわかりやすい。

魔力を流す所要時間は一分ほどかな。

特に難しいということもなく、魔力が少ない人でも作れるんだそうだ。

ただし、水魔法の適性のある人だけね。

うちのお父さんとお母さんには無理なんだろうな。

このポーションは、大昔から研究されてきたので、品質検査も簡単にできるらしい。

きちんと作れば、商業ギルドや冒険者ギルドで買い取ってくれるから、魔術科の学生アルバイトとして推奨されているそうだ。

卒業したら、私はこれを仕事にしてもいいな。

薬草農園の娘なんだし。


出来上がったら、自分の作ったポーションを飲んでみるように言われた。

ちょっと薬臭いニオイはするけど、味はほとんどない。

もしかして、魔力で色と味を調整してるだけなんじゃないか、という気もするけど。

それでも、ちょっと元気にはなったような。

作るのは思ったより簡単だったけど、煮沸して滅菌したビンに詰める作業がめんどくさい。

もしかして、薬草代よりもビン代の方が高いんじゃないかと思ってしまったのは、内緒だ。

「ねえ、アリスの農園に、このポーションの材料はあるの？」

「うん、いっぱいあるよ。うち、これがメインの商品だもん」

「だったら……少し安く分けてもらえないかなあ。うちの両親、最近いつも腰が痛いって言ってるから、ポーション作ってあげたいなあと思って。高くて買えないから」

「ん？　いくらでも摘んで持っていってくれていいよ。今度うちに来たとき、一緒に収穫する？」

「そんなわけにはいかないよ。ちゃんとお金は払う」

「大丈夫、大丈夫。実はね……」

あまり大きな声で言えないから、こっそりとマリナに伝える。

うちは、土魔法で、植物の成長促進できるから。

根っこさえ残っていたら、いくら収穫しても、またどんどん生えてくると種明かしした。

つまり、一度植えたらタダみたいなもんなのよ。

マリナは「あっ！」と驚いたように大声を出しそうになって、慌てて両手で口を塞いでいる。

カワイイな。そういう仕草。

「いつもマリナには氷をもらってるし、また今度実家に帰ったときに、干物をすこーし分けてもらえるとうれしいな」

「そんなこと、お安い御用よ！　じゃあ、物々交換だね！」

私にとっては、薬草よりもマリナの氷は価値がある。

収納にいくらでも入れておきたいぐらい。

なんたって、かき氷の材料なんだから。

薬草なんて、ぶっちゃけ誰でも育てられるしね。

持つべきものは友達だ。ほんと。

第五章

野外実習があるそうな

夏休み前に、前期試験というものがあって、その一環として野外実習があるらしい。

これは辺境伯がこの学園のスポンサーになっているため、騎士科と魔術科総出で、魔獣狩りをするんだそうだ。

その件で、私とマリナ、ローレンが職員室に呼び出された。

待っていたのは、セドック先生だった。

「今回の実習で、攻撃魔法が使える者は、全員騎士科と合同で魔獣狩りをする。治癒が使える者も同行して、後方支援に当たる。まあ、それほど心配はいらない実習だが、怪我人《けが》が出ることもあるしな。そこで、君たち三人なんだが……」

先生はちょっと申し訳なさそうな顔になった。

そうですね。私たち三人、攻撃にも治癒にも役立たずですもんね。

わかってますよ。

「この実習の点数は、前期試験の結果にプラスされるんだ。だから、それぞれ自分のできることで、魔術を使って協力してほしいんだが……」

「ケイシーくんは何をするんですか?」

「ああ、彼は武器の手入れとか、修復をすると言っている。金属の手入れが得意らしいからな」

「なるほど。私にできそうなことといえば、ポーション作るぐらいですが」

「そこでだ。アリス嬢とローレン嬢には、物資の運搬を頼めるだろうか。収納スキルも魔術のひとつだからな」

ははあ。そうきたか。

でも、それでいいなら、楽ちんだ。

前線に出なくていいし、道具運びでついていくだけだよね。

「あの……私はどうしたらいいんでしょうか」

「マリナ嬢は、申し訳ないが氷の提供をしてもらえるだろうか。現地はかなり気温が高いし、怪我人や病人が出るかもしれない。それとアリス嬢とふたりで、冷たい飲料水を用意してくれると助かる。その他も気づいたことがあれば、やってくれたら点数に加算する」

「わかりました」

三人ともできることがあって、ちょっとホッとした。

こんなことで試験の成績が悪くなったら、損だもんね。

ローレンはあれからせっせと練習して、今では荷馬車ぐらいの荷物を運べるようになったと言っていた。

騎士科を含めて、一年生は百名ほど。

百人分の飲料水を用意するぐらい、私とマリナにとっては簡単なことだ。

皆それぞれ水筒を持ってくるから、そこに入れてあげるだけでいいらしい。

「気づいたことがあれば、って他に何があるんだろう？」

「私は少し金属の扱いに慣れているから、手が空いたらケイシーの手伝いをしてみようかしら」

「私とマリナは給水係だから、案外それだけで忙しいかも？」

「そうだよね。治癒班だって、怪我人が出なければ待機するだけだよね」

「じゃあ、荷物運びと給水係だけでいいか」

このときはのんきに考えていたんだけど、野外実習は想像していたよりも大変なことになる。


野外実習当日。

ローレンはポーションやら救急道具など、細かい物資の運搬担当。

私はテントやテーブルなどの、大型物資の運搬担当ということにした。

武器が壊れた人のために、学園所有の武器も少し持っていく。

それと、先生に交渉して、学園の給水タンクをひとつ借りた。

そこに水と氷を入れておいて、勝手に汲んでいってもらった方が、効率がいいと思ったからだ。

小さめの給水タンクぐらいなら収納できる、と言ったら、先生方は喜んでくれた。

成績に加点してくれるといいんだけど。


目指すのは辺境伯領の国境に近い森だ。

当然徒歩。遠足みたいなもんですね。

この時期の魔獣討伐はカイウス学園の名物みたいなものらしく、隊列で行進していると、近所の人が手をふってくれたりする。

それにしても暑い。真夏日だ。

現地に着く前から、給水に来る人が後をたたない。

普段運動していない私なんか、歩くだけで到着する前からヘトヘトだ。

農業や漁業に慣れている私やマリナですらへたばっているんだから、貴族のお嬢様たちはもっと大変じゃないだろうか。

歩きながら水筒を受け取って、私が水を入れて、マリナが氷を入れる。

たいした魔力は使わないけど、体力が一日持つか、ちょっと不安。


森の入り口付近に到着すると、広い原っぱみたいなところに、テントを設営する。

私は収納から出すだけで、設営するのは騎士科の人たちだ。

ここに救護班が待機する。

給水タンクも隣に出して、さっそく満タンに水を入れた。

マリナも特大の氷を入れてくれた。

これで当分持つだろうと、ホッと一息。

魔獣といっても、よくロールプレイングゲームに出てくるような、死霊とか悪魔とかがいるわけではない。

森にいるのは、せいぜい狼とか小さめの熊みたいな魔獣なんだって。

そういうのが街まで出てくると、庭や畑を荒らしたりするので、討伐してほしいようだ。

国境の山の上の方へ行くと、もう少し危ない魔獣が出るらしいけど、このあたりは初級の冒険者向きらしい。

騎士科の先生たちも、割と緊張感のない雰囲気だ。


討伐組が森の中へ入って、一時間ほど経過した頃。人に支えられて、フラフラになって戻ってくる人が数人。

いや、だんだんと増えてきた。

熱中症だ……予想はしていたけど。

魔術師なんて、普段運動してない貴族様だもの。

救護班のテントが一気に忙しくなる。

怪我でも火傷《やけど》でもないから、ポーションなんて効かないし。

ひたすらマリナが氷を出して、身体を冷やすぐらいしかない。

私にできることなんてないから、せめてテントの周りに霧状の水をまく。

確か、これで気温が少し下がるんだよね？　前世知識だけど。

しばらくすると、森の方から叫び声がいくつも聞こえて、騎士科の生徒が数人こっちに向かって全力疾走してきた。

「何事だ！　何があった！」

「は、繁殖したレッドウルフの群れがっ」

「なんだって⁉　数はどれぐらいだっ」

「わかりませんっ、た、多分、二十頭ぐらいはっ」

レッドウルフって何？と考える暇もなく、森の方角からそれがやってきた。

逃げた生徒たちを追いかけてきた、狼の魔獣。

興奮すると目が赤く光るから、レッドウルフと呼ばれていると、赤い目を見て思い出した！

いやいやいやいや、逃げないと！　でも、病人はどうするのっ！

テントを守らないと……

混乱していると、マリナとローレンがテントの前に走った。

「アイスウォール！」

「アースウォール！」

みるみるテントの周りに、いくつもの防壁を出していくふたり。

すごい。私もあの魔法、練習しておけばよかった。

まさかこんなことになるなんて。

「アイスバレット！」

マリナが出した小さな氷のかけらが飛んでいって、ウルフの目に当たった。

勢い余ってひっくり返ったウルフ。

私にできることは……と考える前に身体が動いた。

「ファイヤーボール！」

私にできる特大のファイヤーボール。どうか当たって！

ギャンッと声を上げて、ウルフは燃えた。一瞬だった。

いけるかも。

「マリナっ、アイスバレットで足止めできる？」

「OK、やってみる！」

「私もやってみるわ！」

ローレンも石つぶてのようなものを盾に隠れながら飛ばして、足止めしてくれている。

先生たちは剣で応戦してくれているけど、数で負けている。

魔獣はまだ十頭ぐらいいる。

なんの練習もしたことないのに、ファイヤーボールを撃ちまくる。

当たればなんとかなるが、当たらないと話にならない。

ノーコンがうらめしいよ。

仕方がないので、全力で特大の火魔法を撃ちまくった。数撃ちゃ当たる。

魔獣は火が嫌いなのか、後ずさりを始めた。

でも、ここでやっつけないと、森にはまだ学生たちがたくさんいる。

無我夢中でファイヤーボールを撃ち、倒れたウルフを剣を持った先生たちがとどめを刺してくれて、どうにか全部討伐できたときには、思わずへたり込《こ》んでしまった。

どうやら、先生たちは、私が特大の火を放つもんだから、近寄れなかったようだ。

討伐訓練なんてしたことないから、考えなしですんません。

でも、怪我人は出さなかったし、テントを守ったので、それで許してください。


マリナが放心したようにペタリと座り込んで、突然わんわん泣き出した。

「うわーん……怖かったよぅ、死ぬかと思ったあ！」

我に返ったように、隣にいたローレンも泣いている。

いつも冷静で、感情を出さないローレンが！

私だって怖かった。あんな大きな魔獣を見たのも初めてで。

腰が抜けて立てないぐらい。

マリナ、頑張ったよね。

私よりも先にテントに走って、氷の盾を出してたよね。

座り込んでいる私に気づいて、騎士科の先生が手を貸してくれた。

「君が、魔術科首席のアリスティア嬢かい？　見事な火魔法だったじゃないか。今からでも攻撃班に来る気はない？」

「い、嫌ですっ、わ、わたし、農家の娘で、ひっ、火魔法なんて大嫌い、せ、制御、できないしっ、怖いし！」

ダメだ。今頃《いまごろ》になって怖くて、身体の震えが止まらない。

戦闘なんて嫌だ。二度としたくない。

「そ、そうか。悪かった。もったいないと思ったんだけどな、農家の娘なら仕方ないな」

先生はなだめるようにそう言って、マリナたちのところへ連れていってくれた。

ローレンと三人で肩を抱き合って、わんわん泣いた。

引率の先生たちは、そんな私たち三人に、実習の最高得点を約束してくれた。

後で説明があったが、レッドウルフの群れは、生まれたばかりの子どもを守っていたらしい。

そこへ騎士団が踏み込んだので、怒り狂ったそうだ。

結果的に全滅できたので良かったが、本来一年生が討伐できる相手ではない。

まったく予想外の事故だったと、謝罪があった。

それから学園が手配した数台の馬車がきて、怪我人と病人を運び、私たちはまた給水しながら徒歩で帰ることになったのである。

トホホ。

ほんと、大変な目に遭った。

実習の翌日は、急遽《きゅうきょ》一年生は休みになった。

怪我人や病人が多かったため、全員休養するようにとのことで。

マリナはショックで熱を出して寝込んでしまった。

魔力も枯渇しそうだったらしい。

私は一晩寝たら、体調の方は大丈夫だったので、疲れてはいたけどマリナの看病をすることにした。

収納の中には、作りおきのアイスクリームがいっぱいあるしね。

熱中症気味だったから、アイスばっかり食べてた。

みんなも疲れているだろうからと、ローレンの部屋を訪ねて、女子の人数分のアイスを分けてあげた。

これがすごく喜ばれたみたいで、貴族のお嬢様たちが部屋を訪ねてきてくれた。

マリナが寝込んでいると言ったら、みんな心配して、後からお見舞いをたくさん届けてくれた。

貴族の子女といっても、同じクラスの仲間だから、これでいい印象を持ってもらえたかも。

そう思えば、ちょっと大変な実習だったけど、もういいかと思えた。

翌日マリナはもう一日休むと言うので、ひとりで登校した。

男子生徒は何人か怪我をしたらしく、ちらほら休んでいる人もいる。

先生にマリナの具合はどうかと聞かれたので、魔力が枯渇しかけていたから、回復にはもう一日ぐらいかかると伝えておいた。

マリナがそう言ってたから。

魔力がからっぽになると、一日では回復しないんだって。

魔力量の少ない人の方が、回復は早いらしい。知らなかった。

私も気をつけよう。枯渇したことないけど。

午前中の座学が終わって、私はセドック先生に呼び出された。

別に担任の先生というわけではないんだけど、ローレンと私とマリナは、なぜかセドック先生が気にかけてくれている。

非戦闘組だからかな。

「実はな。昨日騎士科の方から申し入れがあって、アリス嬢とマリナ嬢を攻撃班に参加させないかと言ってきたんだが……」

「嫌です！」

「……まあ、そう言うだろうと思って、断ったんだけどな。辺境伯の方から横槍が入ったんだ」

「辺境伯様から？」

「アリス嬢とマリナ嬢は、今年の首席と次席で、しかも特待生だろう？　卒業後は辺境伯領の騎士団のために、役立つべきではないか、となあ。まあ、横槍を入れてきたのは辺境伯ではなく、親族だが。騎士科の引率をしていた」

ああ、あの教師、辺境伯様の親族なのか。

ということは、目立ってしまったのはマズかったな。後の祭りだけど。

「でも、私の実家は辺境伯様に薬草を納品するために、この領に移住してきたんです。私は弟と一緒に、その薬草農園を継ぐつもりで、学園に入りました。マリナだって、なんらかの形で辺境伯家に就職することは望んでます。卒業後に役に立てというなら、騎士団以外の仕事ではダメなんでしょうか？」

「そうだったのか。実家が農家と言っていたが、辺境伯領の薬草農園なんだな？」

「そうです。先の戦争で薬草を納品していた功績で、こちらの領に」

「わかった。そういうことなら、もう一度話してみよう。私も辺境伯とは知らぬ仲ではないので、直接話した方が早いかもしれん。薬草の納品も、騎士団にとっては大事な仕事だからな」

「ありがとうございます。マリナも性格的に戦闘には全然向いてないと思うので、断る方向でお願いします！」

「まあ……騎士科に目をつけられたのは、どっちかというとアリス嬢だから、そっちは大丈夫だろう。あの火魔法がなあ。あまりに目立ったもんだから」

「あの、私、火魔法使ったの、ほんとに初めてなんです。嘘《うそ》じゃないです。全然制御できなくて、苦手だし。水魔法と土魔法の方がずっと得意です。適性診断でも、水と土って言われたし」

「わかった、わかった。得意じゃないのは、見ればわかる。問題はそこじゃないんだよ。アリス嬢ならもうわかっていると思うが、魔力量が大きい人間は、四属性のどれでも人並み以上に使いこなせるということなんだ。しかも特大収納持ちだ。軍が喉《のど》から手が出るほど欲しい人材なんだよ」

「それは……そうかもしれませんが……でも」

「そこで私からひとつ提案があるのだが、研究職を目指すつもりはないか？　私は辺境伯領の鉱山研究の仕事をしているが、成績優秀な魔術師なら、そういう進路もある。実家でも役立つように、農地や野菜の研究をするのもいいだろう。在学中に論文が認められでもしたら、騎士団に引っ張られることもないはずだ。そういう逃げ道もあると知っておくといい」

そうか。まだ卒業までに三年あるんだし、今進路を決めてしまうこともないよね。

他で有用だと思ってもらえたら、軍に引っ張られることはないかも。

とにかく戦闘職を避けて、実家の農業に役立つ分野へ進めたらいいか。

でないと、平民が辺境伯に逆らうなんて、できないよね。

まあ、卒業後に家族で逃げるっていう手もあるけど、これだけ目立ってしまうとどこに逃げてもバレそうだし。

せっかくセドック先生がそう言ってくれるなら、研究職を目指すのもいいかもしれない。

「あの、研究職ってどうやってなるんですか？」

「そうだなあ。一番手っ取り早いのは、上級魔術院を受験することだな。国の上級魔術師の資格を目指す人が行くところだ」

「うちにはそんなお金ないです。平民だし」

「まあ、特待制度はあるが、それはかなり狭き門だな。後は、私の弟子になるか。ははは」

「セドック先生の弟子ですか？　それって、仕事なんですか？」

「弟子というか、助手だな。ああ、給料は安いぞ」

「うーん、ちょっと考えさせてください」

「まあ、ゆっくり考えてみるといい。まだ時間はある」

セドック先生の助手かあ。

給料安くても、錬金を教えてもらえるんだったら、就職先としては悪くないかも。

もうひとつ逃げ道があった。


「マリナ、体調どう？」

「うん、もう大丈夫。ずっと寝てたからお腹《なか》すいちゃった」

「そうかと思って、食堂の今日のランチ、収納に入れて持ってきたよ。私もお昼ご飯食べそこねちゃったから、一緒に食べよ」

「お昼食べそこねたって、何かあったの？」

寮に戻って、マリナの部屋でランチを広げる。

今日は熱々のスープパスタだ。

この世界にはラーメンがないんだけど、スープパスタがその代わりに人気がある。

実は私とマリナに、攻撃班への勧誘があったと伝えると、マリナは青ざめた顔になった。

断っても辺境伯から横槍が入って、セドック先生が困っていたという話も。

「ど、どうしよう……嫌だよね、アリスだって」

「もちろん、はっきり断ってきたけど。ただ、私たちが魔術科の首席と次席で、しかも特待生だから、断りにくいっていう事情があるらしい。でもさ。まだ卒業までに時間はあるから、他に辺境伯領の役に立てる仕事があれば、そっちに進むこともできるって言ってたよ」

「じゃあ、ふたりでスイーツカフェやってる場合じゃないね……」

「うん。スイーツカフェのために奨学金もらってるなんて、さすがに言えないよね」

どちらかというと、私の火魔法が目をつけられていることと、研究職という逃げ道があることも、マリナには説明した。

「あーあ。私たち、水属性なのに治癒班に入ってなかったのが裏目に出たのかなあ」

「でも、治癒班こそ従軍するんじゃないの？」

「まさか。貴族令嬢は花嫁修業のために治癒班に入ってるようなもんらしいよ。卒業までに婚約者見つけて、卒業後は結婚するんじゃないかなあ」

「なるほどね。ドレス着てるようなお嬢様が従軍するはずないか」

「あ、そうだ。もうひとつ逃げ道あるよ。私たちも卒業までに相手見つけて結婚したら、さすがに従軍要請はこないんじゃない？　子どもでも作っておけば、さらに安全かも」

うーん。卒業するとき、十五、六歳でしょ？

私はさすがに十五歳で結婚とか婚約をする気はない。

この世界では普通のことなのかもしれないけど。

「でもさあ。私たち、卒業するまで出会いないよね？　だって、平民ふたりだけじゃん」

「下位貴族の嫡子《ちゃくし》以外だったら？」

「そんな人ほど、貴族の婿入り先探してるんじゃない？」

「そっか。それもそうだね」

ちらっと錬金クラスで一緒の子爵家三男坊が浮かんだけど、アレは絶対婿入り先探してるな。

考えたら卒業までに結婚相手を探すなんて、とても無理だ。

特待生の成績を維持しようと思ったら、出会いを探している場合じゃない。

卒論のこともあるしなあ。

私の希望は、ごくごく普通の真面目《まじめ》な平民と一緒になって、実家の近所に住むことだ。

ダンナ様はどんな仕事をしていてもいい。

私は農園で働きながら、なんとか食べていくぐらいの収入は得られると思う。

タダ同然の薬草でポーションを作ってギルドに売るのもいいな。

在学中に上級ポーションとか、作れるようにならないかな。

そしたら、絶対戦争に行かされることはないよね。

ポーション作りが最優先になるもんね。

マリナとふたりで、そういう道を目指すのもアリだったりして。

「だいたい、そもそも十二歳の女子に騎士団とか従軍とか言ってくる方がどうかと思うよ……」

「だよねえ。同じ学年に騎士団目指してる女子なんかいないのに。やっぱり平民だからかなあ」

「違うよ。私たちが優秀すぎるから！」

「あはは。そうかもね」

確かに。優秀かどうかは置いといて、私はチート能力だからな。

目立つなという方が難しい。

逃げ道を探しつつ、うまく生きていかなければ。

二、三日して私とマリナは再びセドック先生に呼び出されたが、今回はなんとか攻撃班への参加命令を避けられたと聞いて、少し安心した。
詳しい話はわからないが、セドック先生が辺境伯に直接話をしてくれたようだ。

ただし、三属性使える収納スキル持ちと、氷結スキル持ちがいるということは、辺境伯に伝わってしまったと。

今のところ一年生で女子なので、様子を見るという判断のようだ。

特待生でいる以上、できることをやらないというのは、あまり良い印象ではないかもしれない。

攻撃班に入るかどうかは別として、攻撃魔法の授業に出てみてはどうか、と言われた。

確かに、いざというときに制御できないのでは、私も不安なので、セドック先生のその意見には素直に従うことにした。

そうして、私とマリナは週に一度だけ、攻撃班の授業にも出てみることになったのです。

まあ、それぐらいは譲歩しないと仕方ないか。

自己防衛にもなるしね。

◇

「アリスティア様、マリナ様、ちょっとよろしくて？」

ある日のこと、教室に入るなり、めずらしく貴族女子から声をかけられた。

キャロライン・ハンベル伯爵令嬢。

このクラスの女子のボス的存在で、いつも周囲に取り巻きを侍らせている。

カイウス辺境伯領の隣に位置する、ハンベル伯爵家のご令嬢だ。

王都よりも辺境伯領の方が近いという理由で、この学園に通っているらしい。

この学園には圧倒的にカイウス辺境伯領の人が多いが、自領に学園がない領の人もちらほらいると聞いた。

キャロラインは先日の野外実習の後、マリナにお見舞いを届けてくれたりして、時々私たちのことを気にかけてくれるようになった。

まあ、伯爵令嬢から見たら、哀れな貧乏人に見えているのかもしれないが。

一応名前を呼ぶことを許可された程度には、付き合いを許されている。

「なんでしょうか、キャロライン様」

「あなたがた、明日のダンスの授業を受けられるのでしょう？　名簿に名前が載っていましたわ」

「ええ、一応その予定ですが、何か……」

「わたくし、先生から皆様のご準備のお手伝いをするようにと、仰せつかっておりますの。失礼ですけど、ドレスなどはご準備できておりますの？」

「ど、ドレスですか？」

「ダンスのレッスンには、ドレスさばきなども含まれるので、当然ロングドレス着用ですわ」

「ドレスさばき」

なんだか、初めて聞く単語。

ローブも一応ロングだけど、これじゃダメなんだろうか？

「入学式のときみたいに、制服でダンスのレッスンなんてもってのほかですわ！　わたくしの古いドレスをお貸ししますから、放課後に寮の部屋まで取りに来てくださいませ！」

「は、はい……ありがとうございます。お世話かけます」

逆らうこともできず、私とマリナは素直に頭を下げた。

「明日はわたくしの侍女もお貸ししますわ。その様子だと、ドレスを着たこともありませんわね？

それと、お相手は決まっておりますの？」

「お相手……とは……」

「もう！　ダンスにはお相手が必要でございましょう？　どうやって踊るつもりですの？」

私は前世でも体育の授業のフォークダンスぐらいしか踊ったことがない。

お相手なんて、その場で輪になって適当に決めるのかと思っていた。

なんならマリナとふたりで練習すればいいかと思っていたのだ。

「ドレスを着て、エスコートもなしに歩くなんて、クラスメイトにそんな恥ずかしいことさせられませんわ！　わかりました、お相手もわたくしが適当に見繕ってさしあげましてよ！」

キャロラインが教室にいる男子をギロリと見回したので、コソコソと数人が逃げた。

「ちょっと！　そこのあなたとあなた！」

「お、俺《おれ》ですか……」

「僕も……？」

ああ、逃げ遅れた気の毒なふたりが青ざめた顔をしている。

魔術クラスの地味コンビ、イーサン・フラナガンとケイシー・ノランだ。

ケイシーは錬金の授業で顔見知りだが、イーサンは挨拶《あいさつ》すらしたことない。

イーサンは美しい赤髪と赤紫の瞳《ひとみ》を持った爽《さわ》やか系男子で、スポーツマンタイプだ。

背はそれほど高くないけれど、引き締まった筋肉質な体型。

子爵家の次男だか三男だか、確か嫡子ではなかったような。

だいたい貴族の跡取りはご立派な身なりをしているので、地味タイプは次男以下と最近わかってきた。

ケイシーは伯爵令嬢には逆らえないのか、嫌そうな顔をしてプイッとそっぽを向いている。

「ふたりは、明日の朝、女子寮の前までエスコートに来なさい！　出席者名簿には私が名前を書いておきますから。いいですね！」

ふたりは仕方なさそうに、無言でうなずいた。

ごめんよ。迷惑かけて。

後でお礼のアイスクリームでも届けてあげよう。

放課後、マリナと一緒に、女子寮最上階にあるキャロラインの部屋を訪れた。

女子寮は三階建てなんだけど、最上階は二部屋のみで、上位貴族専用である。

侍女も一緒に住んでいるので、３ＬＤＫらしい。

部屋に入って驚いたが、二十帖ぐらいありそうな、広々としたリビングだ。

応接セットまである。

洋服屋さんにあるような、ハンガーラックが置かれていて、そこに色とりどりのドレスがかけられている。

「こちらにあるドレスは処分しようと思っていたものですから、使えるものがあれば差し上げますわ。お好きなものをどうぞ」

「いえ、いただくわけには」

「今後も学園にいればダンスの機会はございましてよ？　最低でも一着は持っていた方がいいと思いますわ」

マリナは、美しいドレスに圧倒されたのか、うっとりとした表情で頰《ほお》をそめている。

その様子に満足したのか、キャロラインはドレスを手にとって物色し始めた。

「これなんか、マリナ様にどうかしら？　わたくしには少し可愛《かわい》らしすぎて、もう着る機会はないと思いますの」

イエローでフリル多めのお姫様ドレス。

マリナは小柄だから、こういうのが確かに似合うかもしれない。

なんたって、十二歳だからね！

「キャロライン様がそうおっしゃってくださるなら、そうします」

「そう。じゃあ、次はアリスティア様ね」

あーでもないこーでもないと少し悩んだ末に、キャロラインがすすめてくれたのは、若草色の渋い色味のドレスだ。

フリルも少なめで、どっちかというと、子どもが着るようなドレスではないんだけど。

この人、意外と人を見ているのかもしれない。

私好みのアースカラー。

「これねえ……わたくしにはちょっと地味で、一度しか袖《そで》を通しておりませんの。でも、あなたはこういうのがお好きではないかしら？　違った？」

「その通りです、ありがとうございます、キャロライン様！」

「イエローとグリーンのドレスなら、おふたりで並ばれてもとっても映えると思いますわ！」

それから、私はバニラとチョコレートの二種類のアイスクリームを出して、お礼に渡した。

キャロライン様のお友達も呼んで、思いがけずお茶会がスタートしてしまった。

貴族令嬢はいつもこんなふうに、自室でお茶会を開いているんだろうか。

そのための、広いリビングだよね、多分。

侍女が、テキパキと紅茶を入れて、アイスクリームを配ってくれた。

「前にも一度いただきましたけど、わたくし、このアイスクリームというお菓子をとっても気に入りましたの。これはどちらで？」

「あの、それはマリナとふたりで作ってるんです」

「まあ、お手製でしたの？　では、そのレシピを教えていただくことはできないかしら？」

「あ、レシピは全然構わないんですけど、ただ、マリナの氷結スキルがないと作れないので……」

「ああ、そういうことですのね。残念ですわ。では、また作ったときに少し分けていただけるかしら？」

「もちろんです！　たくさん作ってあるので、いつでもお分けできるんですが、収納がないと保存できないので。食べたくなったときには、いつでも声をかけてください」

フルーツソースをかけても合うんですよ、とベリーソースを収納から出してかけてみせた。

ご令嬢たちの目がランランと光っている。

まるで上級顧客にプレゼンをしているような気分だ。

「アリス様とマリナ様はいつもおふたりで固まっていらっしゃるから、普段はどんなふうにお過ごしなのかと思ってましたのよ」

「お料理をなさっているなんて、素敵なご趣味ですわね。私は料理は全然で……」

「他にも作れるお菓子などはありますの？」

言葉遣いは貴族だが、女子がお菓子好きなのは万国共通だ。

今後身分の高い人とお付き合いをするときに、アイスクリームは案外良いツールになるかもしれないな、と思う。

平民が持っていって喜ばれる手土産なんて、そうそうないもんね。

「マリナが氷結スキルを持っていると知ったときから、ふたりで冷たいお菓子の研究をしてるんです。他にもいくつかあるので、また機会がありましたら、作ってきますね」

「まあ！　気になりますわ！　ね、キャロライン様。ぜひぜひその冷たいお菓子のお茶会を開いてくださいませ」

「そうですわね。わたくしも気になりますわ。それはいつでも作れますの？」

「フルーツを少々買いにいかなければいけないので、来週以降なら」

次のお茶会の約束までしてしまった。

こんなふうにして、貴族は横のつながりをつくっていくんだなあ、と実感。

私は別に人付き合いが嫌いというわけではないし、たまにはこういう女子会もいいなあと思う。

騎士団の脳筋たちに囲まれるぐらいなら、こっちの方がずっといいよ。

貴族御用達のアイスクリーム職人にでもなれたらいいのに。

「はあ……貴族令嬢たちのお茶会、緊張したね」

「でも、アイス喜んでもらえて良かったよね。マリナにしか作れない特技だもん」

「私、自分のスキルがお菓子に役立つなんて、アリスと出会ってなかったら絶対気づかなかった。学園に来て良かったなって思う」

「私たち、平民だからっていじけてないで、少しはマナーとかダンスとか頑張った方がいいのかもね……」

「そうだよね。いつどこで必要になるかわからないから、勉強しておくに越したことはないよね」

前世には『郷に入っては郷に従え』ってことわざがあったけど、それは学園でも同じことかな。

貴族が大多数の中に平民が交ざろうと思ったら、相手の常識に合わせないといけないよね。

前に先生が、『学園は社会の縮図』って言ってたけど、ほんとその通りだわ。


翌日、朝早くからキャロラインの侍女がやってきて、ドレスの着付けを手伝ってくれた。

なんと、髪飾りやネックレスなども持ってきて、貸し出してくれると言う。

キャロラインがわざわざ選んでくれたというので、遠慮するのも失礼だし、お任せすることにした。

「ほんとにこんなに着飾っていくものなのかなあ」

「キャロラインお嬢様は、この何倍も着飾っておられますよ」

「そうですか……」

ダンスの授業を甘く見ていた。

今回は助けてもらってありがたいと思う。

マリナは鏡で自分のドレス姿を見てぼーぜんとしていたが、他人の目から見ると、貴族子女のように見えるから不思議だ。

私も、自慢の金髪巻き毛を結い上げてもらって、豪華な髪飾りをつけてもらったときに、別人になったような気がした。

馬子にも衣装……

慣れないドレスでおっかなびっくり女子寮を出ると、すでに色とりどりのご令嬢たちが集まっていた。

皆、婚約者なりパートナーなりが迎えに来るのを待っているのだろう。

キョロキョロとあたりを見回している、イーサンとケイシーの二人組を見つけた。

おお！　一応貴族男子、という礼服のようなものを着ている。

地味なんて思ってたけど、ごめん。結構イケてるよ。ふたりとも。

「今日は、お付き合いくださり、ありがとうございます」

「いいよ、別に。で、どっちがどっちのパートナー？」

「私たちはどちらでも」

「アリスティア嬢は、錬金クラスでケイシーと一緒なんだろ？　話は時々聞いてるよ。俺は風魔法クラスでそっちのマリナ嬢と一緒なんだ」

マリナが「へ？」という顔で、ポカンとイーサンを見ている。

この顔は全然気づいてなかったな。

「どうかな。普段会わない方でペアを組むのは？」

「はい、それで大丈夫です」

特に反対する理由もないので、イーサンと私、ケイシーとマリナがペアになった。

ケイシーはいつも仏頂面なのに、今日は少し顔を赤らめてマリナにエスコートの手を差し出した。

まんざらでもないのかも？　マリナ、カワイイもんね。


「改めて自己紹介するけど、俺はイーサン・フラナガン。隣のハンベル領にある子爵家の次男だ」

「私はアリスティア。どうぞアリスとお呼びください。このカイウス領にある、薬草農園の娘です」

「うん、知ってるよ。ケイシーからよくきみの話を聞くからね」

「ケイシー様からですか？　私、ケイシー様とほとんどお話ししたことないんですけど」

「ははっ、錬金の授業で勝手に畑の肥料作ったんだろ？　それから、セドック先生とよく空間魔法の話をしているとか」

「ああ……それは。錬金クラスにもうひとり男爵令嬢がいるんですけど、私とその人がたまたま収納スキル持ちで」

「オルセット男爵令嬢だろ？　次期鉱山男爵の当主って噂の」

「鉱山男爵ですか？」

闇医者ならぬ闇ヒーラーの異世界最強ファンタジーがついにアニメ化!!

4月3日(木)より放送・配信開始!!

冒険者パーティから役立たずと言われ、追放された治癒師の青年ゼノス。

貧民の生まれで、自己流の治癒魔法を使うゼノスは治癒師のライセンスも持たない。

行く先をなくしたゼノスは瀕死のエルフの少女リリと出会い……

貧民街の外れに開業した治療院を舞台に、無免許天才治癒師による無自覚最強ファンタジーが始まる。

CAST

ゼノス…坂田将吾　リリ…花井美春　カーミラ…日笠陽子
ゾフィア…永瀬アンナ　リンガ…陽高真白　レーヴェ…菊池紗矢香
クリシュナ…中島由貴　ゾンデ…八代拓　アストン…水中雅章

STAFF

原作：菱川さかく(GAノベル／SBクリエイティブ刊)
キャラクター原案：だぶ竜　監督：吉崎譲
副監督：Parkji-seung　シリーズ構成・脚本：宮城大翔
キャラクターデザイナー：電風扇・澤田慶宏
美術監督：合六弘　色彩設計：河田萌　撮影監督：棚田耕平
編集：新沼奈美　音響監督：森下広人　音楽：富貴晴美
OPテーマ：bokula.「ライトメイカー」(TOY'S FACTORY)
アニメーション制作：マカリア　製作：闇ヒーラー製作委員会

限定ボイス付きビジュアルも公開中!

公式X・公式サイトの情報もお見逃しなく!

アニメ公式X――@yamihealer
アニメ公式サイト――https://sh-anime.shochiku.co.jp/yamihealer

この闇医者《ヒーラー》、規格外につき
一瞬で治療していたのに役立たずと追放された天才治癒師、
闇ヒーラーとして楽しく生きる
4月3日(木)放送開始

TOKYO MX・BS11 23時30分〜 サンテレビ・KBS京都 24時00分〜
※放送局・放送スケジュールは変更になる可能性がございます。
【地上波同時・先行配信】 ABEMA・dアニメストア 4月3日より毎週木曜日23時30分〜
その他、各配信サイトにて順次配信開始

「オルセット男爵領って、ほとんど領地らしい領地はなくて、鉱山の管理だけをしている領なんだよ。それで、鉱山男爵。なんだか最近新しい魔石が見つかったとかで、彼女、これから引く手あまたかもね」

「へえ……そうなんですね。全然知りませんでした」

「彼女、最近学園に来てないだろう？　ここんとこ鉱山に行ってるらしいよ」

そういえばしばらく顔を見ていない。

私ってほんと周囲のことに疎いよなあ。

ちょっと反省。

「いいよなあ……収納スキル持ちって。うらやましいよ。それだけでアリス嬢も引く手あまただろうな」

「そんな。私なんて平民で、しかもただの農民の娘ですから」

「そんなことないさ。収納スキルを持ってるというだけで、飛び抜けた魔力量だと知れる。貴族だって嫁に欲しいと思う家は多いはずだよ。学年首席の才女で、三属性魔法を使いこなし、収納スキルと膨大な魔力量。この学園できみの名前を知らない人はいないんじゃない？」

「えっ、私の名前って、そんなに知られてます？」

「アリス嬢だけじゃなくて、マリナ嬢も有名だよ。前回の野外実習でオルセット男爵令嬢とともに、あっという間に防壁を築いたってね。しかも氷の弾丸で攻撃までしてたんだろう？　俺は一応攻撃班に入ってるけど、あの後みんな噂してたよ。なんであんな人たちが攻撃班に入ってないのかってさ」


「ああ……私は、卒業後は農園で働く予定ですので」

「ふふっ、果たしてきみを辺境伯が放っておくかな。俺はそうは思わないけど」

驚いた。

私やマリナが周囲からそんな目で見られているなんて、想像もしていなかった。

多少はお世辞も入ってるとは思うが、貴族は情報社会っていうから、あながち嘘とも思えない。

下手に関《かか》わって虐められたりしたくないから避けてたんだけど、やっぱり少しは貴族とも交流して、情報収集するべきか。

「カイウス辺境伯様って、どんな方なのかご存じですか？」

「うん、まあ、世間の噂程度には。三十代未婚、冷徹で実力主義。軍神と呼ばれるぐらいの剣の腕と知略の持ち主らしいよ。厳しいけれど、自領の民や騎士団の人からは慕われているようだね」

「実力主義」

「気になる？」

「あ、いえ。うちは薬草農園なんですけど、先の戦争で辺境伯領に薬草を出荷してまして、その御縁でこちらへ移住してきたんです」

「そうなの。移住者だったんだ」

「そうです。元々は辺鄙《へんぴ》な村の出身で」

「じゃあ、きみの父上は大出世したわけだ。辺境伯に認められたってことだろう？」

「そうなんでしょうか」

「そうじゃなきゃ、わざわざ自領に農地を与えてまで、そんな辺鄙な村の農民を引き抜いてくるわけないだろ？」

「そういえばそうですね……なんだかできすぎた話だなあとは思ってたんですが」

「カイウス辺境伯って、気に入った人がいたら、他領からでも引き抜いてくるって有名だからな」

なるほど。父が移住を決めたのは、そういう経緯があったのかもしれないな。

単純に村を出たくて移住を決めたのかと思ってたけど。

「ま、今日は誘ってもらえてラッキーだったよ。一度アリス嬢と話してみたかったから。俺も後期は錬金の授業取ろうかなあ。面白《おもしろ》そうだし」

「イーサン様は、攻撃班ではないのですか？」

「んーまあ、一応そうだけど、俺別にカイウス領に義理はないからね。ここの騎士団に入る可能性は低いし」

そうか。隣の領から来ているということは、自領の騎士団があるよね。

こういう人って、しがらみがなくて、案外付き合いやすいかも。

「私とマリナも多分後期は攻撃魔法の授業に出ます。セドック先生にそう言われていて」

「え、そうなの？　なんで？」

「一応ですね……制御できない火魔法を持ってると危ないということで」

「あはは。そんな理由か。まあ、練習はしておくに越したことはないよね」

イーサンはおしゃべり好きなようで、ダンスの授業は緊張することもなく、楽しかった。

講師はカイウス辺境伯家の家令の人と、元侍女だったという年配の女性。

私たちのような超初心者には、つきっきりでステップを教えてくれた。

『ドレスさばき』が重要だとキャロラインに教えてもらったので、一生懸命真似をしてみたんだけど。

これが結構大変で、ダンス自体よりも、ドレスの裾《すそ》を踏まないように必死だった感じ。

ケイシーも、マリナには気を使っているようで、笑顔を向けている。

なんだかどちらもぎこちなくて、微笑《ほほえ》ましいふたりだ。

私たちが必死でぎこちないダンスを続けていると、キャロラインがやってきた。

「アリスティア様！　そのドレス、とってもお似合いでしてよ。お役に立てて良かったわ」

「はい、アクセサリーまで貸していただいて、本当にありがとうございます。次のお茶会は新しい氷菓子を作りますから、期待しておいてください」

「アリス嬢。その新しい氷菓子っていうのは何？」

「ええと、私とマリナが作っている冷たいデザートなのです。良かったら後で、イーサン様にもお届けします」

「まあ、わたくしの分もあります？」

「もちろんです、後で寮の方にお持ちしますね！」

アイスクリームファンが増えそうだな……

週末にはちょっと多めに材料を仕入れておいた方がよさそう。

ま、こんなことで喜んでもらえたら、簡単でいいよね。

ダンスやらマナー講座やら、ちょっとばかし華やかな出来事があって、浮かれ気分になっていたけれど。


夏休み前には前期試験があった。

そして、なんとか今回は首席を守り抜きました！　ひゃっほー！

野外実習で加点をもらったし、筆記試験は初級理論なので丸暗記。

前世の受験勉強のおかげか、暗記は結構得意なのです。


そして、実技の方は、『学園に入ってから新しく覚えた魔法を使う』というテーマで、私は錬金。ちゃんと土から鉄を抽出して、鉄球を作りましたよ。

鉄の純度が高かったということで、こちらも満点をもらって。

マリナは農園で練習した、風魔法と水魔法を混ぜて、霧のシャワーをまくというのを褒められてた。

マリナも次席死守。


夏休み前には、またキャロラインの部屋でお茶会。

冷たいスイーツにつられて、クラスのほとんどの女子が顔を出した。

だいぶ暑くなってきたので、今回はかき氷が女子たちに大ウケ。

マリナとふたりで包丁を買ってきて、せっせと削って収納しておいたものに、いろんなシロップをかけて。

まだ挑戦していないけど、私は前世で「宇治抹茶味」が好きだった。

あずきはこの世界にもあるので、あんこ作ってみようかなあ。

あんみつも食べたいな。

なんだかんだで、貴族の人たちとも打ち解けて、楽しい学園生活になってきた。

第六章

夏といえば海でしょ

今年の一大イベント！

夏休みに、マリナの実家へ遊びに行くのです！

辺境伯領の最南端、サンタナ子爵領の海側にあるオルトという町。

貿易などはしていなくて、小さな漁港しかないらしい。

でも、夏といえば海でしょ！

ただ、この世界では海で泳ぐ、という娯楽がないらしく。

女性が肌を出すのもあまり一般的ではないので、無理だよね。

まあ、私はおいしい魚介が食べられたら、それでいい。

ビバ、魚介！


マリナが私の家に来るときのように、今度は私が自分のベッドを収納に入れて持っていく。

手土産は野菜でいいよね。収納に山程あるし。

私の収納の自慢できるところは、時間停止機能があるので、どの季節の野菜や果物でも、好きなときに出せることだ。

大好きないちごなんて春に大量に収納しておけば、年中食べられる。

ふっふっふ。こういうところは本当に世界一の収納なのです。

マリナのところで海産物をいっぱい仕入れてくると言ったら、両親も喜んで旅行を許可してくれた。

お小遣《こづか》いもたっぷりもらってきたもんね。

ほんと、この世界には娯楽が少ないから、食べるのが一番の楽しみ。

学園からマリナの家へ馬車で向かう道中の、ちょうど真ん中あたりに私の実家がある。

マリナの家へ直行しようとするとどこかへ一泊しないといけないので、いったん私の家を中継点にして一泊することになった。

まずは首席を死守したことを両親に伝えて、みんなで晩餐会をして。

もちろん、スイーツパーティーもしましたよ。カイルが楽しみにしてるからね。

夏休みの後半には戻ってくると約束して、マリナの家へ向かったのです。

◇

潮風。

転生してきて、初めての懐かしい香り。

前世で海辺に住んだことはなかったけど、海水浴に行ったことは何度もある。

まだ母が元気だった子どもの頃、潮干狩りに行った。

ああ～アサリの味噌汁が飲みたい。

この世界にこれといって不満はないけど、食だけは日本が良かったな。

そんなことをふいに、鮮やかに思い出した。

前世の記憶なんて普段は忘れているんだけど、何かのきっかけで急に思い出すことがある。


マリナの両親は、約三ヶ月ぶりに帰ってきた娘の元気な姿を見て、安心したようだ。

手紙のやり取りはしていたようだけど、やっぱり姿を見るまで心配だよね。

「はじめまして。マリナさんのクラスメイトのアリスといいます。お世話になります」

「お手紙で話はよく聞いてますよ。いいお友達ができたって、マリナがそれはそれはうれしそうで。こんな遠いところまで、よく来てくださいました」

褐色に日焼けした肌に、黒髪のお父さん。

小柄でぽっちゃりとして、ヘーゼルの髪色のお母さん。

マリナはお母さんに似たんだね。

黒髪の人を久しぶりに見たので、なんだか不思議。

海辺の地方には、黒髪の人が多いんだって。

「マリナお姉ちゃん！　おかえりー！」

ドタバタと小さい子どもがふたり走ってきて、マリナに飛びついた。

黒髪の利発そうな男の子と、目のくりっとしたブルネットの小さな女の子。

カワイイ。

うれしそうにぴょんぴょん跳ねながらまとわりついていて、めちゃくちゃカワイイ。

カイルも赤ちゃんの頃は可愛《かわい》かったけど、このふたりも負けてない。

「疲れただろう。ゆっくりお茶でも飲みながら、学園の話を聞かせてくれるかな？」

「久しぶりに、マリナの冷たいお茶が飲めるわねえ」

子どもふたりが「冷たいお茶！　冷たいお茶！」と言いながら、跳びはねている。

マリナがいなくなってしまったから、当たり前にあった氷が使えなくなったんだ。

それはかなり不便だろうな……


そうだ！

ここに滞在している間に、山ほど氷を収納して帰ったらいいのでは？

そしたら、学園に帰ってからでも、毎日送ってあげられる。

元の場所に戻すスキルでね。

そうだ、そうしよう！

マリナにはいつもお世話になってるから。

いいこと思いついたな〜。

「学園で不自由はしていないかい？　虐められたりしていないのかねえ」

「大丈夫。同じクラスの人はみんないい人よ。女の子だけでお茶会をしたり、ドレスを着てダンスのレッスンを受けたりもしたの。ドレスは伯爵令嬢の人が、お古を譲ってくれたわ！」

伯爵令嬢と聞いて、一瞬ご両親が青ざめたような顔になったので、「私も譲っていただきました」と言い添えた。

田舎の平民にとっては、雲の上の人のような存在だから、気持ちはわかる。

野外実習であったことは、心配させるから話さないと、事前にマリナと話し合った。

私の両親にもその話はしていない。

「そうかい。楽しくやってるんだねえ。お前はここで暮らしていたときは弟や妹の面倒ばかりで、子どもらしい生活をさせてやれなかったからねえ。学園生活を楽しんでいるなら、行かせてやったかいがあるというものだよ」

「その貴族のお嬢様方に、何かお礼をしなくてもいいのかい？　恵んでもらってばかりは良くないよ」

「大丈夫、お父さん！　私、アリスと友達になってから、特技ができたのよ！　みんな喜んでくれるの」

「冷たい飲み物でもお出しししているのかい？」

私は、マリナと目を合わせて、うなずいた。

さっそくだけど、アイススイーツパーティーだ！

「アリスはねえ。収納スキルを持っていて、私の凍らせたものをしまっておけるの！　たくさん作ってきた！」

収納からアイスやら、凍らせたフルーツシャーベットなどを出して、テーブルに並べる。

「これなんです。マリナとふたりで作ってます」

「おおお、これは初めて見るお菓子だけれど……」

「みんなで食べよう！　トニオとアンナも呼んできて」

アイスクリーム嫌いな子どもはいないよね。

ふたりとも最初はおっかなびっくり手を出した感じだけど、夢中で食べ始めた。

ご両親も、「これはおいしい」と言って、何度も褒めてくれた。

「よくこんなお菓子を思いついたねえ」

「アリスが考えてくれたの。卵とミルクがあれば作れるのよ！」

「お前のスキルがこんなふうに役立つなんてねえ。やっぱり学園に行って良かったんだね」

「まだ三ヶ月だけど、いろんなことを覚えたの。だから、三年しっかり勉強したら、きっと私は仕事に困ることはないと思う。もし仕事に困ったら、ここへ帰ってきてこの冷たいお菓子を作って売るわ！　いいでしょう？」

トニオくんとアンナちゃんが、「それがいい！」と言って、また跳びはねている。

そうだよね。やっぱり家族は一緒がいいよね。


「アリスさんから見たマリナは、学園ではどんな感じですか？」

「私たちは平民がふたりしかいないから、いつもだいたいふたりで行動してるんです。でも、最近になって少しずつクラスメイトと話すようになってきて。マリナは基本的におとなしいので、誰《だれ》からも好かれていると思います！」

「おや、お前がおとなしいとは」

ご両親は顔を見合わせて笑っている。

私とふたりのときのマリナは、そういえば前向きで明るくて、よくおしゃべりするよね。

「それに、マリナはとっても優秀です。多分、学園でも有名なぐらい」

「何言ってんの、アリスの方がずっと優秀じゃない！　お母さん、アリスは入学してからずっと首席なのよ！」

「そうかい。マリナはとっても頑張っている上に、素晴らしいお友達もできたんだね。お父さんとお母さんは鼻が高いよ」

それからマリナが親子水入らずで話せるように、私はトニオくんとアンナちゃんと遊ぶことにした。

ふたりは海辺育ちだけあって、普段は近所の子どもたちと一緒に、海に行って水遊びをするらしい。

うちには畑しかないから、カイルはひとりで退屈しているだろうと思い出す。

いつか、カイルにも海を見せてあげたいな。


夕食は、ご両親がとれたての魚介をたくさん料理してくれた。

なんといってもおいしいのは魚の塩焼き！

お味噌汁ではないけれど、アサリのような貝が入った具だくさんのスープも絶品。

ああ……やっぱり、食べ物は海辺の方がおいしいよね。

「このあたりは何も見るところがないから、アリスさんには退屈じゃないかい？」

「いえ！　私はどうしても海が見たくて、マリナにお願いして連れてきてもらったんです。それに私の両親が魚を食べたがっていたから、たくさん買って帰るつもりです」

「そうか。アリスさんは収納があるから、魚を持って帰れるんだね？　それなら俺《おれ》が船を出して釣ってきてやろう。とれたての魚を持っていくといいよ」

「はい！　うれしいです。それに、トニオくんが私を潮干狩りに連れていってくれるんだそうです」

「ああ、今頃《いまごろ》はよくとれるからねえ。トニオは結構貝を見つけるのがうまいんだよ」

マリナは風魔法の練習をしたいから、お父さんと一緒に船に乗るらしい。

私も誘われたけど、船酔いしそうな予感がしたから、遠慮することにした。

私は風魔法が使えないから、なんの役にも立てないしね。
トニオくんと貝を探す方が楽しそうだし。
たくさん持って帰って、スパゲッティ・ボンゴレ作りたいな。
ワインで酒蒸しとか。

翌日、マリナとおじさんはさっそく朝早くから船を出したらしい。
私が起きたときには、すでにいなかった。
起きたら、おばさんが朝食を作ってくれていた。
魚のすり身をハンバーグみたいにしてはさんだサンドイッチ！
見たことのないサンドイッチだ。

トニオくんとアンナちゃんが待ち構えていたように、海へ行こうと言う。
ちょうどお昼ぐらいが、潮が引くタイミングなんだそうだ。
サンドイッチは収納に放り込《こ》んで、海辺で食べることにした。
他にもお料理はたくさん収納に入っているしね。
トニオくんとアンナちゃんは慣れたもので、靴を脱ぎ捨てて浅瀬に走っていく。
空は快晴で、波は穏やかで。

ああ～もしこの世界にカメラがあったら、写真を撮りたい！

この海岸でとれるのは、まだら貝と言って、茶色のまだら模様がある二枚貝。

トニオくんがすぐに見つけて見せてくれたけど、どう見てもアサリだ！

もう少し大きくて身が赤いのもあるけど、トニオくんも名前は知らないそうだ。

多分赤貝だよね、と思ったけど。

とにかく、食べられない貝はないから、種類は気にせずとっていいらしい。

スコップとバケツを借りて、砂に小さな穴があいている場所を探すのがコツなんだとか。

「ほら、お姉ちゃん、ここだよ」とトニオくんが指さした場所を掘ると、たいてい見つかる。

本当に見つけるのが上手らしい。

小さなバケツにいっぱいとったところで、いったん休憩。

休憩所のような屋根のある日陰のベンチで、おやつタイムだ。


「ああ～マリナお姉ちゃんがいたら、冷たいお茶が飲めるのになあ」

「大丈夫よ。ちゃーんとマリナお姉ちゃんから氷をもらってあるからね！」

「えっ、本当⁉」

ふたりとも小さな水筒を持ってきているので、そこに果実水と氷を入れてあげた。

「うんめえ～！　最高！　おいしいな、アンナ」

「うん、おいしい。甘い」

トニオくんは、いいお兄ちゃんだ。

以前はやんちゃだったらしいけど、マリナが学園に行ってしまってから、よく妹の面倒を見るようになったらしい。

私にも親切で、しっかりしている。

うちのお父さんとお母さん、もうひとりぐらい弟か妹つくってくれないかな。

「さて、じゃあ、おやつも作るから手伝ってくれる？」

「おやつ？　ここで作るの？」

器に入ったふわふわの氷。

いちごのソース。

練乳のようなミルクソースもある。

「このふわふわの氷の上に、ソースをかけてね」

「うわあ、きれいだなあ。キラキラしてる」

「冷たいっ！　おいしいっ！」

「やっぱりマリナお姉ちゃんってすげえな。氷が出せるんだから」

「そうよ。マリナの氷の魔法は、学園でもすごくめずらしいの」

暑い夏にかき氷は最高だ。海を見ながら食べるなんて！

トニオくんはマリナのことを尊敬しているみたいで、得意げな顔をしている。

のんびり貝をとったり、疲れたらおやつを食べたりしていたら、マリナとおじさんが船着き場に帰ってきた。

一目散に駆けていくトニオくんとアンナちゃんを追いかける。

「今日は釣れたぞ～！　大漁だ！」

マリナが出した氷の上に、魚がまだ生きてピチピチ跳ねている。

網を引きながら帰ってきたらしく、ずっしりと重い網を引き上げようとしたら……

「うげっ！　悪魔だっ！」

トニオくんとアンナちゃんが、網を見て後ずさった。

なんだろう、と思ったら、大きなタコが張り付いている。

タコ……だよね？　悪魔？

「うわあ。オクトがへばりついてやがる。気持ち悪いなあ」

お父さんとマリナも嫌そうな顔をしている。

オクト……やっぱりタコだよね？

タコ、食べないのかな？　おいしいのに。

あ、でも前世でもタコを食べるのは日本人とスペイン人ぐらいだったかも。

「ねえ、マリナ。あれは、食べられないの？」

「食べないよ～気持ち悪いじゃない。あれ、網にひっついたらなかなかとれないの。それに、切っても切っても死なないから、海の悪魔って呼ばれてるんだよ。顔も悪魔みたいだし、真っ黒な水を吐くし」

そうか。そんなに嫌われてるなら、食べたいとは言えないか……

うーん。惜しい。

ブイヤベースなんかに入れたら最高なんだけどなあ。

「おじさん、オクトって食べる人いないんですか？」

「いや、いないことはないようだ。特に毒があるというわけでもないしな。ただ、このあたりの人は食べないな。他にいくらでもおいしい魚介があるからな」

「アリス、オクト食べたことあるの？」

「ううん、ないけど本で見たことあるの。お料理に使えるんだよ。おいしいって書いてあった」

「ええ～！　ほんと？」

「アリスちゃん、本当かい？」

「うちでは薬草を入れた煮込み料理をよく作るんですけど、そこに書いてあったかな……？」

嘘《うそ》です。でも、できたらこのタコを持って帰りたい。

足だけでもいいから！

「あのう……このオクト、もらってもいいですか？」

「ああ、もちろんいいよ。今日はアリスちゃんに持って帰ってもらおうと思って、いつもよりたくさん釣ってきたんだからな。なんでも好きなだけ持って帰るといい。うちに置いといても腐っちまう」

おじさんと一緒に近場の解体所まで魚を運んだ。

もちろん、収納運搬サービスです。

マグロみたいに大きな魚をさばくのは、うちの両親には無理っぽいので、切り身にしてもらった。

タコはうねうねとまだ動いている。

さすがに私でも、ちょっと気持ち悪いけど……

勇気を出して、包丁で足を全部切り落とした。

頭はさすがにね。捨てよう。

切り落とした足を、適当にスライスしておく。

「それ……どうやって食べるの？」

「スパイスたっぷりの焼きオクトにするか、トマトで煮込むかな」

マリナが相変わらず嫌そうな顔をしているけど、興味はあるみたい。

「トマトかあ。このへんじゃあ、なかなか手に入らないんだよ、高くて」

「なら、後で在庫から出しておくね！　いっぱいあるよ」

「ほんと？　お母さん喜ぶだろうなあ」

「いいのかい？　なんだか申し訳ないな」

「いいんです。うちの両親から魚をいっぱいもらって、代わりに野菜をいっぱい置いてくるようにって。物々交換です」

「そうか、ならいいが」

おじさん、ホッとしたような顔になる。

このへんじゃあ、魚より野菜の方が高価なんだ。

魚介の方がよっぽど贅沢《ぜいたく》に思うけど。

◇

「あら、オクトって好きな人いるみたいよ。私は食べたことあるわ」

「えっ？　そんなの俺は初耳だぞ？」

「あなたが嫌がるから、言わなかっただけよ」

オクトをさばいていると、思わぬ味方が現れた。

マリナのお母さんは、オクトを食べたことがあるようだ。

一応、オクトというのは「ゲテモノ」の食材扱いのようだ。

私は前世で『ナマコ』を見たときに、これは絶対に食べたくないと思ったが、好きな人はいたもんね。

そんな扱いなのかも。

「ふうん……お母さん食べたことあるんだ。じゃあ、大丈夫かも……」

「あんまり覚えていないけど、変な味ではなかったわ。アリスちゃん、料理方法知ってるの？」

「なんとなく覚えてます。トマトで煮込むんです」

「あら、おいしそうね」

「良かったら作りましょうか？」

「お母さん、アリスってすごく物知りで、お料理上手なんだよ！」

「じゃあ、お願いしようか」

よし。初オクト料理に挑戦しよう。

にんにくをたっぷりきざんで、トマトのざくぎりと玉ねぎを炒めて。

あとは、水と塩と魚介。

貝を入れるから、いい出汁が出るはず。

うちから持ってきた、乾燥バジル（的なやつ）もたっぷり。

これなら、スライスしたタコの足ぐらい気にならないんじゃないかな。

ついでに串に刺したオクトにミックススパイスと塩をふって、網焼きオクトも作ってみた。

これは、私が食べたかったから。

ここいらでは、魚は網焼きにして食べるのが一般的らしい。


さて、その日の夕食。

おじさんはちょっと微妙な表情で焼きオクトを見ていたけど、おばさんはニコニコしてた。

「さあ、アリスちゃんの料理をいただきましょうか。私はこれから食べるわ」

まっさきにおばさんが、焼きオクトに手を伸ばす。

もちろん、私も！

「おいしいわ！　焼いたオクトがこんなにおいしいなんて！」

「もしそのスパイスが気に入ったら、置いていきますね。うちの乾燥スパイスです」

うん、おいしい。タコだ。

でも、柔らかい。記憶の中のタコより、こっちの方がおいしいかも。

おばさんと私の反応を見て、マリナとおじさんも手を伸ばした。

「あれ、おいしい。嫌な味とかしないね」

「本当だ！　これは酒が飲みたくなるな……オクトは食えるんだなあ」

「僕も！　僕も食べる！」

「ああ、このトマトスープもスパイスが利《き》いていて、おいしいわ～さすが薬草農園のスパイスとトマトね！」

「こんなごちそう、このへんじゃなかなか食べられないな。ありがとうな、アリスちゃん」

「はい！　今度からオクト、捨てないでくださいね」

結局、オクト料理は大成功だった。

捨てるなんてもったいないよね。

毎日こんなに新鮮な魚介が食べられるなんて、本当にうらやましいな。

そうだ。忘れるところだった。

おじさんたちの腰痛のために、ポーションをたくさん作ってきたんだった。

出しておかないと。

「おじさん、今日はたくさん魚を釣ってきてくれてありがとうございます。マリナとふたりでポーションたくさん作ってきましたから、飲んでくださいね」

「こんなにたくさん……これって、高価なものじゃないのかい？　もうこんなに難しいことを習ってるんだねぇ」

「お母さん、薬草はアリスんちの薬草農園で、一緒に摘んだんだよ。水やりも手伝ったし」

「私は土魔法で作物を成長させられるので、いくら摘んでもまたすぐに生えてくるんです。だから、材料費はタダみたいなものなんです」

「なんてことだ……うちのマリナはそんなことまでできるようになったのか。ありがたくいただくよ」

百本ぐらいのポーションを出したら、ぎょっとした顔をされてしまった。

でも、説明したらちょっと安心してもらえたみたい。

だって本当に、ビン代と手間賃だけだからね。

後で効き目を教えてほしいと言ったら、飲んですぐに身体が楽になったみたいだと言われた。

まあ、下級ポーションだから、滋養強壮にちょっと効くってぐらいだと思うけど。

「お母さん、僕今日、かき氷っていうの食べたよ。めちゃくちゃおいしいんだよ」

「マリナお姉ちゃんの氷が、ふわふわだったよ。赤いシロップかけて食べた」

「なんだ、お前たち、ずるいじゃないか。お父さんがいない間に」

夕食の後は、デザートでかき氷。

包丁で削るところも見てもらって、作り方を伝えておいた。

学園に戻っても、私が毎日氷をお届けしますからね！

夜は眠るまで、マリナと隣同士のベッドでおしゃべり。

いつも思うことだけど、マリナの氷結スキルと、私の収納スキルは切っても切れない縁だと思う。

学園に行ってから知ったんだけど、高位の貴族の家には冷蔵の魔道具があることにはあるらしい。

風魔法と水魔法で冷やすんだとか。

だけど、冷凍庫っていうのはないんだよね。

いつかは発明されるかもしれないけど、それまでは、マリナのスキルが貴重なのだ。


翌日も、その翌日も、私は海でバカンスを楽しんで、貝もたくさんとった。

おじさんは毎日のように大きな魚を釣ってきてくれる。

申し訳ないような気がしたけど、おじさんも海の恵みはタダだからいいんだと笑っていた。

滞在期間の二週間の間に、当分食べきれないほどの魚をもらった。

カニはいなかったけど、大好物のエビはいた！

マリナは何もないところって言ってたけど、最高の夏休みになったよ！

◇

マリナの家で二週間を過ごし、名残惜しいけれど私だけ実家へ帰った。

さすがに遊んでばかりじゃなくて、自分の家の手伝いもしないとね。

残りの夏休みで、できるだけ薬草類を収穫して、乾燥させて収納しておかなくちゃ。

いくら在庫があっても、いつか使えるし。

中級ポーションを作る練習をしたいから、できるだけ在庫はためておきたい。

マリナの家でもらってきた魚介類は、いったん全部キッチンで出して、収納し直しておく。

これでいつでも家に届けられる。

ちなみにマリナの家では、毎日大きな氷をせっせと収納した。

毎日大きな氷をひとつ、マリナの家の台所に届けるという約束だ。

まだ夏は続くから、せめて冷たいお茶が飲めるといいよね。

この下準備が結構大変ではあるけど、いつでも届けられるという便利さには代えられない。


「アリス、ちょっと相談したいことがあるんだけど、いいか？」

「なあに、お父さん。改まって」

「いや、カイルのことなんだけどな……」

カイルは二年後に十二歳になるんだけど、学園に入れるように辺境伯からわざわざ要請があったらしい。

姉が三属性使えるということで、カイルにも期待されてしまったようだ。

お父さんは、カイルに農園を継がせようと思っているし、騎士団に入れるつもりはないと思っていた。

だけど、カイル自身は、学園にも騎士団にも興味があるらしい。

判定では、適性が火。スキルは剣士。

イーサンと同じタイプだから、騎士団向きかもしれないなあ。

お父さんが言うには、風魔法も少し使えて、熱風を起こせるとか。

熱風。なんか使い所がありそうでなさそうな……

ドライヤーとか暖房の代わりになるか？

だけど、確かに剣のスキルがあって、火と風適性なら、まさに騎士団が欲しがる人材だよね。

どこからバレたんだか。教会か。

そういえば昔、神官おじいちゃんが、能力のある子どもを見つけたら報告するとか言ってたっけ。

「カイルの好きにさせたらいいんじゃない？　もし農園を継がないっていうなら、私がやればいいんだし。ただし、騎士科はほとんど貴族だから、平民だと居心地は悪いかもねえ」

「学園に平民の騎士はいないのか？」

「どうだろ……いたとしても少ないと思うなあ。平民が特待生として騎士科をめざすのは難しいかも。私とマリナは魔法が使えるから特待生になれたようなもんだし」

「そうか。お前が学園に行ったから、カイルが自分も行かせてくれって言ってるんだよ。だけど母さんが反対してなあ……騎士になんてさせたくないと言って。辺境伯領は戦争があるかもしれないだろう?」

「戦争……か。そうだよね」

もし戦争なんか始まったら、私だっていつ駆り出されるかわからない。

それまでに、なんとか逃げ道を探そうとは思ってるけど……

カイルの場合は、逃げ道なんてなさそう。

むしろ火魔法が使えるならスキル的に軍隊まっしぐらのコースだ。

だけど、男の子が騎士に憧《あこが》れる気持ちも、わからなくはない。

学園の男子を見ていたら、やっぱり騎士は花形だ。

「もし将来的に騎士団をめざすとしても、まずは魔術科に入って腕を磨いて、就職のことはそれから考えたらどうかなあ? 魔術科を卒業してたら、騎士団に入る以外にも仕事はいろいろあるよ。魔術科の生徒って騎士科に比べたら大人しいし、お母さんも安心じゃない? それに、魔術科の特待生なら、平民だからって馬鹿《ばか》にされることもないと思う」

「そうだな、その方がいいかもしれんな。じゃあ、ちょっとカイルの火魔法を見てやってくれないか? もし見込みがありそうなら、受験までお前と同じように家庭教師をつける。姉弟で差をつけるわけにはいかないからな」

「まあ……私は火魔法得意じゃないから、教えるのは無理だけど。どの程度のレベルか判断することはできるよ」

「アリスは火魔法が苦手なのか？」

「うん、使えなくはないけど、ノーコンなの。うまく飛ばせない」

「そうなのか。アリスも火魔法が使えると辺境伯の手紙に書いてあったんだけどな。なんか、魔獣討伐で活躍したんだって？」

げ。せっかく隠してたのに、辺境伯め！

なんでそんなことお父さんに告げ口するのよ～！

「活躍っていうか……あれで懲りた。私は戦いには向いてないと思ったの。もうやりたくない」

「そうか。まあ、お前は女の子だからな。無理はしないでいい。進路のことは何か考えているのか？」

「まだわからないけど、もしできることなら、研究職かポーション作成の仕事をしたいかなあ。私、錬金の授業受けてるんだよ」

「うん、お父さんも、アリスにはそういうのが向いていると思うぞ。お前は昔から勉強が好きだったからな」

ということで、翌日、カイルの火魔法を見せてもらった。

私が火魔法を使っていたのを少し覚えていたらしく、両手に小さいボールぐらいの火を出せるようになっていた。

「それ、投げられるの？」

「うん、練習したから、的に当てられるよ！」

「じゃあ、あそこの石めがけて投げてみてくれる？　火は私が消せるから安心して」

「うん」

カイルは次々にファイヤーボールを石に当ててみせた。

十発ぐらい撃って、ほとんど当たっている。

これなら多分、入試には通ると思った。

私が試験を受けたとき、こんなにボコボコ火魔法撃つ人なんかいなかったような。

「アリス姉ちゃん。俺、学園に入れるかな？　試験難しい？」

「そうね。魔術科を受験するなら大丈夫だと思う。魔術科の実技試験は魔法が使えることさえわかったらOKって感じだから。だけど、筆記試験の方はちゃんと勉強しておかないとダメよ？」

「うん、わかってる」

「それと、これは大事なことなんだけど、平民の特待生枠は三人だけなの。学園はすごく学費が高いから、普通は貴族しか行けないのよ。だから、行くなら特待生枠を目指すこと。いい？」

「うん……そっちはちょっと自信ないんだけど」

「あとね。学園に平民はすごく少ないの。貴族から馬鹿にされたりすることがあるかもしれない。

それは大丈夫？」

「大丈夫。姉ちゃんだって大丈夫なんだろ？　それぐらい我慢できるよ」

「わかったわ。じゃあ、私からもお父さんに話しておいてあげる」

カイルの決意は固そうだった、とお父さんに話した。

私のときのように家庭教師をつけて、それでどの程度学力がつくか様子を見ると、お父さんは言っている。

カイルは騎士になりたそうだったけれど、私はカイルの魔力なら魔術科の方がいいとアドバイスしておいた。

正直、体格的にあまり大きい方ではないから、騎士科で特待生を目指すのは厳しいような気がする。

それよりも魔法があれぐらい使えるなら、受験生の多い騎士科より魔術科の方が合格する確率は高い。イーサンみたいに攻撃が得意な魔術師になれたら、辺境伯様も目をかけてくれるはずだ。

それに、騎士科と違って、魔術科にはいろんな道があることを私は知ってる。

もしカイルがストレートで合格したら、私が三年のときに入学してくることになるんだよね。

同じ科なら、少しは学園で面倒を見てあげることができるかもしれないと伝えておいた。

それにしても……カイルって、結構魔力量が多いような気がしたな。

私は自分の能力が、神様にもらったチートだと知っている。

だけど、カイルは違うよね？

見せてもらった限りでは、結構な魔力を持ってそうだったけど……

なんでなんだろう。お父さんはたいして火魔法使えないのに。

あ、でも。

お母さんは、それなりに魔力が必要な成長促進の魔法を使えている。

今更気づいたけど、これって、平民にはめずらしくない？

母方のご先祖に貴族がいたりして……なんてね。想像でしかないけれど。

第七章

後期の授業が始まった

楽しい時間はすぐに終わってしまう。

農園の手伝いをしたり、カイルの勉強を見たりしていたら、あっという間に夏休みが終わってしまった。

学園に戻るとき、お母さんは寂《さび》しがっていたけど、「もうひとり弟か妹が欲しいな」と言ったら、真《ま》っ赤《か》な顔をしていた。

うちの農園は儲かってるんだし、もうひとりぐらい子どもがいてもいいと思うんだけどなー。

マリナの家族を見ていたら、可愛《かわい》い妹も欲しいなあと思ったんだよね。

新学期になって、選択授業の提出があった。

すでにとっている科目をやめることはできないんだけど、空いている時間に追加することはできる。

渋々だけど、私とマリナは攻撃班の魔術実技の授業を追加した。

週に一回だけね。

カイルのこともあるし、どんな内容なのか知っておくのは悪くない。

「久しぶりね、アリス」

「あ、ローレン！　良かった、戻ってきたのね。領地の方が忙しかったの？」

「まあね。もうだいぶ落ち着いたけど」

この学園は貴族主体だから、出席日数には割と寛容だ。

特にローレンみたいに次期当主だと、領地の仕事が優先される。

貴族には貴族の苦労があるよね。

前にイーサンからちらっと話を聞いていたけれど、鉱山で良質の魔石が見つかったらしい。

魔石というのは、魔力を帯びている石で、魔道具の燃料として使われる。

まあ、言ってみれば、乾電池みたいなものかな。

それで、ローレンは魔石運びを手伝っていたんだそうだ。

おかげで、ずいぶん収納量が増えたと喜んでいた。

今では馬車二台分ぐらいは余裕だとか。


新学期最初の選択授業は、錬金。

久しぶりにローレンとケイシーと三人の授業だ。

……と思ったら、イーサンが増えていた。

あれ？　イーサンって火と風適性って言ってなかったっけ？

「よう、久しぶり！」

「イーサン様、土魔法使えたんですか？」

「いや、使えない」

「じゃあ、どうして」

あっさり使えないと言われてしまった。

何しにきたんだろう？

「いやでもさ。錬金って魔力量少なくても使えるんだろう？　もしかして俺《おれ》でもできるかな、と思ってさ。アリス嬢だって三属性使えるんだから、苦手でもやればできるってことかな、と思ったのさ」

「ああ、それには賛同します。向き不向きはあっても、できなくはないと思います。うちのお母さんは水魔法が苦手だって言ってたけど、ちょっとぐらいは水出せるんです」

「錬金は、確かに少ない魔力量でも使える。だから、魔力が少ない人向けの科目だと思われがちだ。だけど、繊細な魔力操作が必要だから、簡単というわけではないぞ」

突然セドック先生登場。

セドック先生って、いつもいつの間にか会話に割り込《こ》んでくる。

「わかってます、先生。錬金を使える人は、魔力操作が人よりも緻密《ちみつ》だと聞いたことがあります」

「その通り。頭の中に、錬金する成分を明確に思い浮かべる必要があるからな。馬鹿《ばか》ではできない。逆に言えば、地道に勉強と訓練を重ねれば誰《だれ》でもできる。さて、後期の授業のテーマだが、何か要望がある人はいるかな？」

「はい！　はい！　先生、魔石やりたいです」

「アリス嬢。魔石の何がやりたいのかな？」

「魔石から、魔力って抽出できますか？」

「ふむ。まあ、できるな」

「じゃあ、逆は？　魔石に魔力を注入ってできるんですか？」

「またアリス嬢はとんでもないことを言い出したな……それは、理論上はできる。とだけ言っておこうか」

「実際は無理、ということですか？」

「先生、私、魔石持ってますよ？　見せてあげた方が早くないですか？」

ローレンが収納から掘りたてホヤホヤの魔石を出して、見せてくれた。

黒光りする石で、表面が虹色にキラキラしていて、とてもキレイ。

「すげえな。めちゃくちゃ純度高そう」

「でしょう？　最近うちの鉱山で出たのよ」

ケイシーは魔石を見たことがあるのか、驚いた顔をして見ている。

ローレンはちょっと誇らしげな表情だ。

先生は教室の棚にある古い魔道具から、使い古しの魔石を取ってきて見せてくれた。

「ここまで使えば、魔石の寿命だ。表面がボロボロになっているだろう？　ちょっと叩《たた》けば割れる」

先生が机の角に二、三回コンコンッとぶつけると、魔石は割れた。

なるほど。再利用は不可能ということか。

魔石に魔力を込める仕事があるって、小説で読んだことあったんだけどな。

あれは小説の中だけの話だったのか。

「つまりだ。魔石というのは、魔力で固まっている状態だから、魔力を抽出してしまえば土に返るんだよ」

「でも、理論上はできるんですよね？」

「それはだな、使い古した魔石を再利用するのではなく、魔石と似た成分の石に付与という形で、魔力を持たせることはできる」

「付与」

がーん。と頭の中に前世の知識がやってきた。

付与術って、めちゃくちゃレアなんじゃなかったっけ。

なんか聖女様が出てくる小説で読んだような……

むむむ……と思い出そうとしていたら、先牛が不思議そうな顔をして私を見た。

「アリス嬢。百面相してないで、考えていることを言ってみなさい」

「ええと。ポーションを作るときに、最後に魔力を流しますよね？　あれは付与とは違うんですか？」

「なるほどな。確かに似ているが違う。なぜなら、魔力が付与されていたら、それを飲んだら魔力が増えるはずだからな」

「あ、そうか。定着はしていないということか」

「ポーション作りで魔力を流すのは、成分を結合させて効果を持たせるためだ。その時点で魔力は消費して消える」

おお。ずっと疑問に思っていたことがひとつ解決して、スッキリした。

なんで魔力を流す必要があるのかと思っていたけど。

「魔力を物質に定着させるのは、非常に難しい。だが、研究はされている。国の機関でな」

「上級魔術院とか、ですか？」

「そうだ。行く気になったか？」

「なりません。遠慮します」

はあ……。私がやってみたいことって、どうして国の研究レベルなんだろう。

魔力が付与できたら、ほんと素敵なんだけどな。

例えばマリナの水魔法と氷結スキルを使って……

冷凍庫作れるじゃん！

「まあ、せっかく興味を持ったのだから、魔石についてしばらく勉強しよう。ローレン嬢もそれがいいだろう？」

「はい、望むところです」

それから、魔石の魔力を抽出する方法、というのを『理論』だけ教わった。

土から鉄を抽出するのと違って、目に見えない力だから難しいということはわかる。

でも、これ、抽出だけでもできたら、魔力回復できるよね。

まあ、私は魔力チートだから必要ないけど。

それよりやっぱり付与が気になる。

図書館で調べてみようかな。

「先生、ちなみに魔石と似ている成分の石って、どんなものがあるんですか？」

「そうだな。一番近いのは黒曜石か。他にもあるにはあるが……アリス嬢。言っておくが、練習でどうこうできるものではないぞ」

「はーい」

見破られたか。

練習してみようと思ったのに。

だって、私、魔力チートだもん！


なぜか付与のことが頭から離れず、ぐるぐると考えながら廊下を歩いていたら、ローレンが追いかけてきた。

なんだか、思い出せそうで思い出せない、何かがひっかかっている気がしている。

「アリス！　ねえ、黒曜石、欲しいの？」

「え？　あ、まあ、欲しいといえば欲しいけど、そんなの手が出せないし」

「私、持ってる。うちの鉱山で少しとれるから」

「いいなあ。今度見せてね」

「あげてもいいよ。その代わり、私のお願いきいてくれない？」

「お願い？」

「魔石の運搬、手伝ってほしいの。私の収納容量だと、何往復もしないといけなくて……このままだと学業に影響が出そうなの。アリスが手伝ってくれたら、何倍も運べるでしょう？　週末に一回だけでもいいの。そしたら私の持ってる黒曜石、好きなだけあげる」

それって鉱山に行くってことだよね。

なんて素敵なお誘い！

魔石掘ってるところ、ぜひ見てみたい！

あんなキラキラした石がいっぱい埋まってるのかな。

「いいよ。学園が休みの日ならいつでも。オルセット領って遠いの？」

「ううん、鉱山まで馬車なら半日もあれば行けるわ。でも、届け先が今回ちょっと遠いの。隣のハンベル領なんだけど」

「週末二日で行って帰ってこれるかな？」

「アリスがいたら大丈夫だと思う。積み下ろしに時間かからないし。馬車で往復して運ぶとなると、運送費や人件費がバカにならない量で……」

「オッケー。私、魔石の採掘、興味あるから楽しみだわ」

「そう言ってもらえると助かる。魔石も少しならあげる。それで運賃の代わりにしてくれる？」

思いがけず、ローレンの実家があるオルセット領に行けることになった。

その後は、キャロラインやイーサンの実家があるハンベル領を目指すのだ。

タダで旅行に行けると思ったら楽しいよね。

それに、魔石掘ってるところにツテがあるなんて、将来ちょっと使えるかもしれないという欲もあったりして。

「でも、どうしてアリスはそんなに魔石に興味があるの？　おうちは農園なんでしょう？」

「魔石に、というか、付与になんだけど……論文のテーマにいいかな、と思っただけで」

「論文って卒論？」

「うーん、自由論文、かな」

そうだ。

在学中に論文で認められたら、上級魔術院進学かセドック先生の助手になれるかもしれないんだった。

無意識だったけど、研究テーマにいいな、って思って。

ていうか、思い出してしまった。

私、進学したかったんだ。大学に行きたかった。

薬学部に憧《あこが》れていたんだっけ。

結局諦《あきら》めて、就職しようとして……

でも、その思いが捨てきれなくて。

カイルが騎士を目指すなら、卒業したら農園で働かないと。

それ自体は嫌なことではないし、なおさら私が農園をやらないと。

進学かあ。正直憧れるなあ……上級魔術院。納得しているつもりだったんだけど。

空間魔法の研究って、上級魔術院に行かないとできないんだよね。

せっかく世界一の収納スキルを持ってるんだったら、その分野のスペシャリストになってみたい気がする。

農園を継ぐのって、もっと先じゃあダメなのかな？

お父さんとお母さんってまだ若いもんね。

ちょっと真剣に研究テーマ考えてみようかな……

いつか冷凍庫、作りたいな。

◇

週末朝一番の馬車で、ローレンと鉱山に向かった。

マリナも誘ってみたんだけど、鉱山には興味がないのか、お留守番だそうです。

ポーション作るんだって。

「あのね、アリス。先に言っておくけど。鉱山で働いている人って、すごくガラが悪いの。うちは犯罪者とかは雇ってないんだけど、それでもうかつに近寄ったりしないでね」

「大丈夫。私は貧乏な村の出身だから、慣れてるよ。身の危険があったら、火魔法ぶっ放す」

「ふふふ。頼もしいわね」

鉱山の洞窟の中に入れてもらって、魔石のあるところまで案内してもらった。

すごい。

鍾乳洞《しょうにゅうどう》のような洞窟に、キラッキラの壁。

危ないからといってあまり奥までは入れてもらえなかったんだけど、あたり一面魔石だ。

「すごいなあ。夢があるなあ、鉱山って。宝の山だよね」

「ふふっ、そんなこと言う女の子なんて、アリスぐらいなものよ。普通は嫌な仕事だと思われるわ」

「この鉱山に宝石はないの？」

「今のところはね。でも、ここは比較的新しい鉱山だから、これから何が出るかはまだわからないわ」

これから何が出るかわからないなんて、アメリカンドリームだなあ。

金とか埋まってたりしないんだろうか。

壁に手を当てて、抽出してみると、鉄分はあるようだ。

それから、銅もある。

最近、元素記号で抽出ができるようになってきたんだけど、それは私だけの秘密です。

「何してるの？」

「うん、ちょっと鉄の抽出の練習」

「こんなところにきてまで……アリスって本当に勉強の虫なのね」

いや、気になるのよねえ。何が抽出できるのか。

でも、金はなさそう。残念。

あれっ、銀はあるな。Ａｇ。

銀食器って、この世界で高価なんじゃなかったっけ。

気になる。気になる。

別の場所では炭素もあった。

これは、アメリカンドリームでは？

「ねえ、この鉱山……まだ他にも埋まってる気がする」

「他にもって、例えば？」

「これ、ほら。炭だよ。石炭かも？　あと、銀もある。ローレン、アクセサリーとか作るの趣味なんでしょう？」

「そうだけど、銀を採掘して作ろうと思ったことはないわ。そんなこと考えるのアリスぐらいよ」

「将来、どっかから出てくるといいね。金銀財宝。楽しみ」

「なんかアリスにそう言われると、本当に出てくる気がするから不思議だわ……」

あまり時間がなかったから、一時間ほど鉱山の中を歩き回って、魔石を収納した。

大量の荷物も、一瞬です。

ローレンとふたりで、手ぶらで鉱山を後にする。

後はおやつでも食べながら、ハンベル領を目指すだけだ。

アイスクリームを食べながら、ふたりでのんびりと馬車から景色を見ている。

ドライブしている気分だ。

「アリスを見てると、すごい量の荷物を運んでることなんて、忘れてしまいそうね」

「私も自分でそう思う。収納スキルっていいよねえ。ここだけの話だけど、私、収納スキルって世界一素敵だと思う」

「……そうね。私もアリスと出会ってから、このスキルが好きになったわ。昔はこんなちょっとだけ荷物を運べるスキルなんて、なんの役にも立たないって思ってたけど」

「私ねえ。昔、すごく狭い部屋に住んでたの。それこそ荷物だらけで、ベッド置くのがやっとでね。そのときに、神様にお願いしたんだ。世界一の収納をくださいって。それで、神様が叶《かな》えてくれたの。だから、このスキルが大好き」

「そうだったの……じゃあ、私もきっと神様が必要だから与えてくれたのね。こうやって、魔石を運べるぐらいになったし」

「私たちって恵まれてるよねえ。手ぶらで旅行できるもん」

「そんなふうに思えるようになったのは、アリスに出会ってからだわ。私、昔から男爵家の跡継ぎだったでしょう？　それで、父が鉱山男爵って呼ばれてるのがすごく嫌で」

「どうして？　夢があるじゃない」

「でも、鉱山ってどうしてもあんまりいいイメージないじゃない。令嬢なのに鉱山令嬢なんて呼ばれたら最悪だと思わない？」

「あはは。鉱山令嬢。確かに」

ローレンって、しっかりしてて凛としたイメージがあるけど、そんなこと気にするんだなあ。

私だったら、「鉱山令嬢よ！」って自慢するけど。

でも、よくよく話を聞いたら、カイウス辺境伯に鉱山の管理を任されているだけで、鉱山自体は男爵家の財産でもなんでもないらしい。

下請けの中小企業みたいなもんだよね。

それは大変かも。

「あ、そうだ。忘れないうちにこれ。黒曜石。大きめのやつ持ってきたの」

「ありがとう！　うわーうれしい」

「魔石も小さいやつは売り物にならないから、どうぞ。研究頑張ってね」

ツヤツヤの黒曜石は、前世でも見たことがあった。

そのときはあまり興味がなかったけど。

今見ると、すごく素敵な石に思える。可能性を秘めているというか。

ハンベル領に入ると、森や草原が広がっていた。

山が多いカイウス領と比べると、のどかな田舎という風情だ。

牧畜が盛んらしく、ところどころに牛や馬を放牧している牧場が見える。

もしかして、上質なミルクの仕入れができたりして。

ハンベル伯爵は、キャロラインのおじいさんで、まだ現役《げんえき》らしい。

ハンベル領自体は、可もなく不可もなくといった感じで、そんなに野心のない伯爵様だとか。

そういえば、キャロラインも伯爵令嬢の割には、こんな平民に親切だもんね。

最近私も、少しは貴族のことに詳しくなってきましたよ。

初めてカイウス領に移住してきたときは、すごい都会って思ったけど、王都に比べたら全然田舎らしい。


夜が更ける前になんとか目的地に着いて、倉庫のようなところで荷物を引き渡した。

私が収納から魔石を出したときには、すごく驚かれたけど。

こんなに早く全部届くと思っていなかったらしく、えらく感謝された。

宅配便の配達員になった気分。

それから、ハンベル伯爵の方で手配してくれていた宿に泊まった。

すごくいい宿だったので、もしかしたらキャロラインが気を使ってくれたのかも。

翌日はもう帰るだけだったので、宿の人に教えてもらって、少し乳製品をゲットした。

濃厚なミルクと、チーズ！

この世界って、冷蔵庫が普及していないせいで、こういうものは生産地でしか買えないのです。

カイウス領でも、ミルクは売ってるけど、そういうお店は自分のところで乳牛を飼ってるんだとか。

ある意味新鮮なんだけど、収納を持ってない普通の人は、本当に不便だろうなあと思う。

まあ、チーズは保存食だから、ある程度は日持ちするけどね。

今回の旅が楽しかったから、ローレンにはまた運ぶ用事があったら声かけてね、と言っておいた。

お代は、クズ魔石で。

まだ学生だから、お金儲けは考えていないけど、考えたらずいぶん物々交換してるなあ。

まるでわらしべ長者になった気分。


寮に帰ってから、机の上に魔石と黒曜石を並べてみた。

どっちも黒い石だけど、魔石の方はキラキラしている。

見た目の違いはそれだけだ。

このキラキラ成分を、黒曜石に付与できたらいいわけだよね。

ずっと前に論文のテーマとして考えていたのは、異空間内の荷物の転移だ。

だけど、それは今の私にはとてつもなく遠い目標。

とりあえず、この魔石をテーマに何か研究できるといいな。

せっかく魔法がある世界にいるんだもの。

魔力の秘密を解明したいよね～。

とりあえず、明日は図書館へ行こう。

◇

後期から仕方なく参加した、攻撃班の実技の授業。

表向きは騎士科と合同訓練となっているんだけど、魔術科は後方支援担当で、直接敵と戦うことはない。

敵が魔獣であれ人間であれ、一対一で戦うのではなく、広範囲に足止めしたり撤退させたりすることを目的とする。

入試のときの様子を思い出すに、剣を持った敵相手と一対一で戦えるほど、魔術師は俊敏でもなければ圧倒的な攻撃魔法を持つわけでもない。

ごくまれに、風魔法持ちの騎士が風のナイフで、スパッと相手を切り裂いたりするが、それだって致命傷を与えるほどではないらしい。手数を増やす手段のひとつなんだろうな。

なので、魔術だけで攻撃するとしたら、火魔法が中心になる。

魔獣も人間も、火を見れば怯《ひる》むため、軍隊であれば『みんなで力を合わせて』広範囲に火を放つのだ。

「ようこそ、攻撃班へ」

ニヤリと笑みを浮かべた教師は、あの実習のときに勧誘してきた人だ。

つまり、辺境伯様の親族だ。

私とマリナは途中参加なので、他の人たちとは別に、まず個人指導を受けることになった。

「まず、敵がやってきたときに、一番使いやすい攻撃魔法は？」

「私はファイヤーボールです」

「私は、アイスバレット」

「よし。では、それをまず、的に当てる訓練をする」

やって見せろ、と言われたので、小さめのファイヤーボールを投げてみたんだけど、まったく当たらない。

周囲の人もこっちを見てるので、恥ずかしい。

マリナは的に当てることはできるが、威力が弱い。小石を投げているようなものだ。

思えば私は前世でも、球技が苦手だったのだ。

高校の授業でテニスやバレーボールをやらされたが、飛んでくるボールを打ち返すなんて、そんな器用なことはできない。

止まっているボールを打つ、サーブですらまったく入らない。

もちろん練習はしてみたが、もうこれは完全に、才能の問題だと思う。

動体視力っていうんだっけ？

先生は、魔力の無駄だと思ったのか、野球のボールみたいなのを持ってきて、これを的に当てる練習をしろと言われる。

で、仕方ないので、延々とボール投げをしてるんだけど、十回に一回当たるかどうかという感じで。

腕とか肩が痛いし、しんどいし。

マリナは尖《とが》った氷の矢じりのような形を作るように言われてたけど、苦戦しているようだ。

つまり、戦う気がないから、イメージできないんだよね。

まあ、言われたから一応参加しているだけなので、できなくてもいいんだけど……

この授業が成績に響くと嫌だなあ、と思う。

せっかく首席なのに。

そもそも、この中で最も殺傷能力が高いのは、マリナの氷結スキルだと思う。

本人は気づいてないと思うし、私もマリナにそんなことはさせたくないけど。

だって、人間って水分でできてるんだよ？　血液も身体も。

マリナは等身大の氷を出せるし、魚を凍らせることだってできるんだから、当然人間を凍らせることだってできるはずだよね。

水魔法を使った治癒師は、身体の水分を扱うのに、なんでそんなことに気づかないんだろう。

私は火魔法と水魔法の両方を使えるので、実はお湯を沸かすことができる。

火と水は相性が悪く、両方使える人は少ないので、貴重な特技だ。

つまり、『血液を沸騰させる』ことだって、やろうと思えばできる。

ファイヤーボールで火傷《やけど》させるより、確実に殺せる。

火からは逃げることもできるけど、体内で沸騰したら、逃げられないからね。

人間に対してそんなことをすれば、『悪魔』だと罵《ののし》られるのは確実だから、やるつもりはないけど。

でも、もしまたいつか魔獣に襲われるようなことがあったら、試してみたいとは思う。

実は私も最強だったりして。

……そんなことを考えながら、ボールを投げては拾いに行くのを繰り返していた。

あーだるい。


授業も終わりかけという頃になって、先生は私たちのところへ戻ってきた。

一向に上達する気配がないのを見て、苦虫を噛《か》み潰《つぶ》したような顔をしている。

「そんなにノーコンじゃあ、味方に被害が出るぞ」

「はい、すみません」

その通りです。

だから、私たちに戦闘をさせようなんて、無理なのです。

「アリス嬢。この位置に立って、的に向かってまっすぐ腕を伸ばしてみろ」

「こうですか？」

「そうそう、的を指さすイメージで、そのまま指先から的に向かって全力で火を出してみろ」

指先から出すということは、ホースで水をまくようなイメージだろうか。

それを的まで届かせようと思ったら、細く長く放つような感じで……

おお！　届いた！

あれだ。強力なガスバーナーみたいな感じ？

「うむ。そっちの方がまだマシだな。動きながら相手に攻撃魔法をぶつけるには、ファイヤーボールが最適なんだが、多分アリス嬢は走りながらファイヤーボールを当てるなんていう芸当はできないだろう？」

「おっしゃる通りです」

「だったら、物陰に潜んで隠れたまま奇襲をかけるとか、崖の上から下に向かって火を放つとか。そういう後方支援を想定するといい。火を投げようと思わないことだ。危ないからな」

「ありがとうございます。そうします」

うん。なかなかいい妥協案だ。

本来ファイヤーボールは、飛んでくる鳥型の魔獣討伐なんかに向いている技だと聞いた。

小さいファイヤーボールだと、剣を持った相手や大型魔獣には勝てない。

私みたいに、魔力量で勝負するタイプは、ファイヤーバーナー（勝手に命名）の方が向いてるかもね。

ついつい、アニメの技とかに感化されて、最初に覚えたのがファイヤーボールだったのだ。

マリナはなんとか先の尖った氷の弾丸を出せるようになったみたいだけど、イメージに時間がかかりすぎて、まだまだ戦闘に使えるレベルではないと言われていた。

私的には、風魔法を鍛えて『ブリザード』を完成させる方がいいと思うなあ。

後でこっそり話してみよっと。

久々の体育の授業、疲れました。


「ねえ、マリナ。攻撃班の授業って、やっぱり学期末試験あるよねえ？」

「うん、あると思う」

「このままだと、私たち最低点かもねえ……」

「言えてる。でも、アリスの火魔法はまだマシだよ。私のアイスバレットなんて、全然役に立たない感じだもん」

「せっかく首席と次席なのに、成績下がったら困るなあと思って。それでちょっと考えてみたんだけど……」

魔術の実技試験は、『学園で新しく覚えた魔法を使う』と点数が加算される。

誰でも得手不得手はあるが、得意なことだけをやっているよりも、新しいことに挑戦した方が評価されるのだ。

それで、マリナにブリザードを練習してみたらどうかと、提案してみた。

マリナが氷の嵐《あらし》を起こすところ、見てみたいんだよねえ。かっこいいと思うんだけど。

「アリスはどうするの？　さっき授業でやってた技、かっこよかったよ。炎の剣みたいだった」

「なるほど。炎の剣か……」

腕を前に出して、指先から炎を出すことで、確かに少し飛距離は伸びる。

あれを剣にまとわせて振り回すなら、ボールを投げるよりはコントロールがマシ……

いやいや、ダメだ。

剣に炎をまとわせることができてしまったら、間違いなく騎士団に入れられてしまう。

剣の修業なんてまっぴらです。


だったら、魔法使いらしく、杖《つえ》はどうだろう。

ファンタジー映画で見たことのある、『ワンド』というやつだ。

この世界で見たことはないけど。

私が振り回せるぐらいの長さと重さで、魔力伝導率の良い杖を用意できたら。

その先から炎を出すことができるだろうか。

しかも、魔石をつけることができたら、魔力が少ない人でも増幅できるんじゃないだろうか。

私は増幅する必要はないけど。

うん、これ、セドック先生相談案件だ。金属加工だもんね。

「その、炎の剣のアイデア、使えるかも」

「本当？　なんか思いついた？」

「うん、ちょっと実験付き合ってくれる？」

「いいよ。今から？」

「うん、裏庭の不用品置き場に行って、剣の代わりになる棒がないか探してみる」

とにかく、棒に魔力を流すことができなければ、話にならないもんね。

まず、不用品置き場に捨ててあった、ホウキの柄の部分は、アルミ製だ。

手に持って、その先端から火を出すイメージをしてみると、ライターの火ぐらいの大きさなら出せた。

うーん。アルミは魔力の伝導率が低そう。

壊れたフェンスに使われていた鉄棒があったので、それも試してみる。

さっきよりは、少し大きい火が出せた。

ただし、問題があって、長時間火を出すと、棒自体が熱くなって持っていられない。

なるほど。剣みたいに持つところが必要というわけか。

「剣から火を出せるかどうか実験してるの？」

「ううん、剣じゃなくて、魔術師用のワンド？みたいなのが作れないかと思って。そうしたら、少し飛距離が伸びるんじゃないかと思ったんだけど」

「ふうん。私にはよくわからないけど、アリスって時々そういう面白《おもしろ》いこと思いつくもんね！」

「マリナは、棒の先から魔法出せる？　例えば、風とか氷の粒とか」

試してみると、風ぐらいは出せるようだ。

手から直接出すより威力は弱いけど、そこは魔石で増幅できるといいんだけどなあ。

「風に雪みたいな、細かい氷を混ぜることはできる？　さっき言ってたブリザードなんだけど」

「どうだろ。練習してみる。水と風でシャワーが出せるなら、それもできるはずだよね」

「私、このワンドを改良できないか、セドック先生に相談してみる。まだ期末試験までに時間あるし、間に合うといいんだけど」

「うん、できるだけやってみよう！　私も頑張って練習する！」


マリナと別れて、手頃な長さの棒を持って、セドック先生のところへ。

いきなり金属の棒を持って職員室に行ったものだから、他の先生に不審な顔をされてしまった。

「魔力伝導率が高い金属といえば、まずはミスリルだな。だが、産出量が少ない上に、高価だ。私でもそうそう手に入らない」

「そうですか……」

「アリス嬢のことだから、わざわざワンドを使いたいというアイデアには、理由があるんだろう？」

「まずひとつ目の理由は、飛距離を伸ばせるということなんですけど……」

手のひらからファイヤーボールを出すよりも、指先に集中した方がまっすぐ飛ぶし、飛距離も出る。

だから、ワンドを持つことで、さらに飛距離を出せるのではないか、と説明してみた。

「しかし、わざわざ棒に魔力を流すことで、威力はかなり落ちるのではないか？　アリス嬢ぐらいの魔力がないと、普通は使えないだろう」

「それなんですけど、魔石を埋め込むことで、魔力は増幅できませんか？」

「……できるな。多分」

「私、クズ魔石をたくさんもらったので、これをワンドの芯《しん》に埋め込めたらなあと考えたんですけど」

「なるほど。アイデアは良い。暴発しなければな」

「暴発」

「金属に閉じ込めた魔石に、さらに魔力を流し込んだら、暴発する可能性もあるだろう」

「そうですか。じゃあ、威力を増幅する方は無理ですね」

「いや、諦めるのは早いぞ。一番威力を増幅しやすいのは、先端に魔石を使った場合だな。ただし、劣化しやすいという欠点はある」

「なるほど……劣化したら付け替えられるようにしないとダメですね」

「これ以上は、専門技術がないと無理だろう。武器屋に行ってみるか？」

「いいんですか？」

「ああ。私も興味がある。もし作れるようなら、論文にして特許をとっておくといいだろう。粗削りだが、着眼点は良い」

「ありがとうございます。ただ、需要は少ないかもしれませんね」

「ははは。確かにな。そんなものを使いたいのは、アリス嬢ぐらいだろう」

セドック先生の知り合いの武器職人がいるので、相談してくれることになった。

ただ、飛距離を伸ばすのには道具を使うより、風魔法を鍛えた方が早いぞ、と言われてしまった。

確かにそうですね。

◇

セドック先生はさっそく知り合いの武器屋さんに相談してくれたようだ。

試作に一週間ほど時間がほしいそうなので、一週間後に連れていってくれることになった。

楽しみだ。

その間に、私は特許申請の準備をする。

完成していなくても、アイデアだけは申請しておかないと、横から奪われてしまう可能性があるらしい。

製作費は、セドック先生の研究費用から出してくれるんだって。

つまり、辺境伯様には早々に伝わってしまうかもしれないけど。

まあ、そこは仕方ない。私は、お金持ってないし。

もし、これが完成したら、論文一本書けそうだ。


週末、マリナとセドック先生と三人で、武器屋さんを訪れた。

貴族様御用達の、高級武器職人らしい。

「こちらのお嬢さんがたが、発案者ですかい？」

「ああ、そうだ。教え子なんだ」

「いやあ、まったく苦労しましたぜ。何種類か試作したんで、試してみてくだせえ」

見せてもらった試作品は、想像していたよりも、美しくてかっこよかった。

私のイメージは、ホウキの柄だったので、大違いだ。

結局、金属は耐久性よりも魔力伝導率を優先して、シルバーを使ったそうだ。

鉄よりも、熱がこもりにくいというメリットもある。

持つところは、耐熱効果のある素材でコーティングして、革が巻いてある。

当初、先端に魔石を使うというアイデアだったけれど、先端はやはり劣化しやすいということで、手元の方につけることになった。

手元側の先にフタがついていて、そこから小さな魔石を入れることができる仕様だ。

しかも、先端部はミスリルコーティングしてあるらしい。

いたれりつくせり。

ミスリルではなく、ダイヤモンドコーティングしたものも試作してくれていたが、ダイヤは火魔法で劣化してしまうので、マリナ向けだ。

キラキラしていて、そっちの方が見た目はゴージャス。

「持った感じはどうだ？」

「はい、軽いし、これなら私でも振り回せそうです」

「裏手に空き地があるんでさあ。試すなら外でやってくださいよ」

「もちろんだ」


すでに魔石がセットされていたので、さっそく使ってみることにした。

まずは、軽くライターの火を出すぐらいの感覚で、魔力を流してみる。

すると、驚くほどすんなりと、杖の先から炎が出た。

これは、ホウキの柄とは全然別物だ。

さすがプロの職人。

ちょっと強めに魔力を込めると、軽く二、三メートルは炎が出る。

これぐらい増幅する力があると全力で使うのは怖い感じ。

セドック先生も、試作のうちのひとつを手にとって、火魔法を出していた。

喜んだのはマリナだ。

苦戦していたブリザードが、簡単に杖から出た。

結構な勢いで、吹雪を振りまいている。

元々マリナは私より風魔法が得意だもんね。

スキップしながら雪を降らせているので、妖精《ようせい》みたいだ。

セドック先生いわく、氷や水魔法は、シルバーと相性がいいらしい。

「耐久性の方はしばらく使ってみないとわからんが、とりあえず試してみるとするか。これは一本、私が研究用にいただいていくよ」

「もちろんです。本当に私たちがこれをいただいてもいいんですか？」

「使用者がいないと、研究できないだろう？　使い心地や問題点を報告してくれたらいい」

「わかりました。しっかりレポートします」

「後期試験、トップをとれよ」

セドック先生は笑いながら、私の肩をぽん、と叩いた。

自分で考えた魔法の杖だもん。

私が一番に使いこなさなくちゃね。


「どうでしたかね？」

「いや、さすがの腕だ。想像以上の出来だったよ」

「そう言っていただけると、試行錯誤したかいがあったってもんでさあ」

「ところで、わかっているとは思うが、許可が出るまでは複製禁止だ」

「もちろんですよ。これは辺境伯様関係のご依頼ですか？」

「いや、そうではない。単なる学生の研究だ」

「そうですか。追加発注とかはなさそうですかねえ。せっかく苦労して作ったんだから」

「それはわからんな。使いこなせる魔術師がどれだけいることか。まあ、しばらく耐久性や、効果などを調べてみるよ」

「追加発注お待ちしておりますよ」

武器屋さんは、揉《も》み手《で》をしながら、ペコペコ頭を下げていた。

商売人だな。


結局、この日は少しずつ長さや見た目の違う杖を、十本ほど持って帰ることになった。

試行錯誤している間にできたものだそうだ。

その中で、一番出来が良かったものを、私とマリナがもらったみたい。

「これ、ワンドって呼べばいいのかな？　アリスのアイデア、すごいねえ。私、気に入っちゃった！」

「私も気に入った！　想像していたよりも、ずっと素敵な見た目だったわ。これで後期試験、いけるかな？」

「いけると思う。武器とかは、自由に選んでいいみたいだし」

武器屋さんは、私たちに合わせて、ワンドを腰に下げられるようなベルトもつけてくれた。帯剣するときのやつを、女性用に少し直してくれたらしい。これが結構かっこいい。腰に短剣を下げていて、さっと構えるようなイメージだ。鏡の前でぜひポーズの練習をしてみたい。

◇

「あー、みんな。今日はちょっとみんなに頼みたいことがある」

セドック先生が、錬金クラスの授業に、先日のワンドの試作品を持ってきた。みんなは、先生が持っているワンドを、不思議そうに見ている。

私は、自分用をちゃんと腰に下げて、ローブで隠している。

「実は、アリス嬢が魔力を増幅できるワンドを開発した。これがそうだ。数がまだこれだけしかないから、このクラスの四人に使ってもらって、結果をレポートしてほしい」

セドック先生は、魔石の入れ方や、素材などを簡単に説明すると、好きなワンドを選ぶように言った。

ローレンは短めで軽そうなものを、イーサンは一番長いものを選んでいた。

ケイシーが一番熱心に手にとって比べていたが、シルバーに飾り細工が入っているものが気に入ったようだ。

「さっそくだが、今日は訓練場の方へ移動する。何か質問はあるか？」

「あのー、これって攻撃用の武器ですよね？　なぜ、攻撃班ではないこのクラスに？」

「それは、普段攻撃魔法を得意としていない者の方が、効果がわかりやすいからだ」

「なるほど。それなら」

ケイシーがにっこりして、納得したようだ。

確かに、土魔法の人に武器を渡してどうすんの？と不思議に思うよね。

イーサンは、器用にワンドをくるくると回して、楽しそうにしている。

ローレンは、ワンドに魔石を入れられるところが気に入ったようだ。

「これってアリスが作ったの？　すごいじゃない。魔石を使うなんて」

「まだ試作段階なんだけどね。私、使ってみたけど、結構いい感じなんだ」

「魔力増幅できるって本当？」

「うん、多分。使ってみたらわかると思う」

「それが本当だったら、クズ魔石、価値が上がるかも……」

「そうだよね。商売につながるといいよね！」

魔石って消耗品だから、こういう魔道具が開発されると需要が増えるよね。

少しでもローレンの収益につながるといいな。

「さて、今から試してもらうんだが、この中で火魔法を使える者は？」

私とイーサンが挙手する。

ケイシーとローレンは首を横に振っている。

「では、イーサンは最小出力に抑えて使ってみてくれ。ろうそくの火ぐらいをイメージするといいだろう」

「わかりました」

「ローレン嬢は火魔法はまったくダメか？」

「ダメです。まったく」

「では、自分の得意な攻撃魔法を、その杖の先から出す練習をしてみてほしい。それも実験だ。ケイシーは……」

「僕は、ちょっとだけ。このぐらい」

ケイシーは指先に小さい火を灯してみせた。

私のお父さんと同じぐらいかもしれない。

「よし。じゃあ、ケイシーは頑張って火魔法で実験してみてほしい」

「わかりました」

「まず、アリス嬢が見本を見せるといいだろう」

「はーい」

まず、杖をまっすぐ構えて、最小の威力で火を出す。

それから、徐々に威力を増して、一メートルぐらいの炎にしてみせた。

みんな目を輝かせて凝視している。

「では、みんなそれぞれ自分の使える魔法を試して、レポートを提出してほしい」

結果。

ケイシーは私が出した一メートルぐらいの炎を簡単に出して、出した本人が驚いていた。

イーサンは元々火や風の攻撃魔法が使えるので、剣のような構えであっという間に使いこなしている。

一番びっくりしたのがローレンで、杖の先からストーンバレットを連射していた。

まるで散弾銃だよ。恐ろしい。

「先生……これ、すごい武器ですね。魔力量の低い人にとっては、救世主じゃないですか」

「そうだ。おそらく、すぐに一般には販売できないだろう」

「軍専用ということですか?」

「そうなるだろうな。ただ、辺境伯軍に魔術師は少ない。いたとしても、前衛で戦闘できる魔術師はさらに少ないだろう」

「へえ……俺、目指そうかな……」

イーサンが真剣な表情で、ワンドをしげしげと見ている。

以前にイーサンの愚痴を聞いたことがある。

イーサンは剣の修行もしたが、それほど上達しなかったので、騎士科を諦めて魔術科に入った。

だけど、攻撃魔法もそれほど強力というわけでもない。

万能選手だけど、中途半端《ちゅうとはんぱ》、というのがイーサンの悩みだと思う。

「あのー先生。今思いついたんですけど、これ、ロック機能つけられませんか？」

私の頭に浮かんだのは、スマホの指紋認証だ。

登録した人以外は使えないようにした方が、安全じゃないだろうか。

こんな杖が一般に出回って、子どもがうっかり使ったりしたら危ない。

しかも、攻撃に向かないと言われていた土魔法すら、殺人兵器になってしまう。

うかつだった。

「ロック機能というのは？」

「なんらかの方法で、本人しか使えないように制限するんです。それと、出力にも制限をつけた方がいいかも」

「なるほど。たいして増幅できない程度の出力なら、こんなに高価なワンドをわざわざ買わないだろうな」

「ロウソクに火をつけるために買う人はいないと思います」

「いい案だ。出力の方は、入れる魔石の大きさで調節できるだろう。他人が使えないようにするのも、方法はある。その線で、もう少し改良してみよう」

授業が終わって、いったんワンドは回収。

私のは持っていていいと言われたけど、『絶対に盗まれないように』と注意された。

うん。気をつけよう。

私がワンドの危険性に気づいてしょんぼりしていたら、セドック先生が心配しなくていいと言う。

そもそも、このワンドを使いこなせるぐらいの魔力量の人は少ない。

私は貴族といえばみんな結構魔力を持っているのかと思っていたけど、そうではないらしい。

この学園の魔術科に来ている人は、ほんの一握りの数少ない魔術師なのだと。

だから、一般の人が誰でも使えるようになる心配はないよ、と言ってくれた。

それなら、イーサンみたいな人が騎士団を目指すのに役立ってくれたらいいな、と思う。

魔獣の被害が多い辺境伯領だから、強い魔術師が増えたら、国を守れるしね。

考えたら帯剣が許されているこの世界。

今更武器が危険だとか考えても仕方ないか。


それにしても、もしかしたら私の家族は特殊なのかもしれないなあ。

カイルだって結構な魔力だし。家族全員魔力を持ってるなんて、平民ではありえないかも。

魔術科にいると、魔力を持っている人って、普通にどこにでもいるみたいに感じるけど、そうではなかったようだ。

第八章

カイウス辺境伯、現る

それから、魔法のワンドは何度か改良を重ねて、安全に使える仕様になった。

私とマリナのワンドにも出力制限をつけてもらい、必要なときに解除できるようにしてもらった。

本人しか使えないようにするという点はまだ開発中らしいけど、今のところは製造数が十本しかないしね。盗まれない限りは大丈夫だと思うけど。

結局、イーサンは所持を許可されて、悪用しない誓約書を書いて、改良に協力してくれている。

ケイシーは最初のうちは物珍しさで使っていたけど、攻撃班に移りたくないので、使用を諦《あきら》めたようだ。

ローレンは、自分自身は武器を持ちたくないけど、魔石の販売につながればいいという考えみたい。

私とマリナは学園からワンドの所持を許可されている。

私は開発者だし、マリナは学園にひとりしかいない氷結スキル持ちだから、特別扱いみたい。

時々、上級生が見せてほしいと言ってくることがあるので、そのときはセドック先生の監督の下でデモンストレーションをしている。

そうこうしているうちに、後期試験が近づいてきた。

私たちは相変わらず、週に一度だけ攻撃実技のクラスに出ているんだけど、そのときにワンドを使った魔術の練習をしている。

マリナはついに、ブリザードを完成させた。

風魔法を強化して、竜巻のような吹雪を起こすことができる。

殺傷能力は低いかもしれないけど、ワンドの制限を解除したら、まさに暴風になるんじゃないだろうか。

炎系の魔獣に有効だよね。きっと。

私も授業では制限をかけているので、全力の火魔法は使ったことがない。

周囲を巻き込《こ》んだら怖いしね。

相変わらず的に向かってファイヤーバーナーを放っているが、初期に比べたら飛距離はかなり伸びた。

これ以上攻撃力があるところは、あんまり見せたくないので、気をつけている。

気をつけていた、はずだった。


期末試験の実技は、例によって『新しく使えるようになった魔法やスキルを披露する』という項目がある。

前回は錬金で鉄を抽出したんだけど、それ以降新しく使えるようになったのは、ファイヤーバーナーしかない。

攻撃班の方で実技試験を受けるのは本意ではないんだけど、今回は注目されていることもあって、仕方がないよね。


騎士科の後期実技は対戦形式で、ちょっとしたイベントになっている。

学年で誰《だれ》が一番強いか、順位をつけるらしい。

使用するのは木刀だが、怪我《けが》人が出るので、治癒班が待機する。

その日の授業は休みで、普通科や商業科など、全校生徒が見学できるんだそうだ。

娯楽が少ない世界だから、騎士の対戦は人気があるみたい。


魔術科の実技は、魔力量で実力差が出てしまうので、対戦形式ではない。

戦う前から結果は見えているし、そもそも火魔法を人に向けることなどできない。

なので、パフォーマンスとして、ひとりずつ披露する、という感じだ。

まあ、騎士科の試合が始まる前の、前座みたいなものかな。

それで、みんな少しでも派手に見えるように、工夫しているらしい。

同じクラスに、ファイヤーボムという、派手に爆発《ばくはつ》する火魔法を習得している人がいた。

音の割に、威力はないいんだけどね。爆竹みたいな感じ。

イーサンは、ワンドを使って、ウィンドカッターという攻撃魔法を披露するようだ。

◇

後期試験当日。

午前中は魔術の披露、午後から試合という日程だが、朝から結構な人が集まっていた。

この日だけは、学園生に限らず見物できるので、親や近所の人が見に来たりしている。

貴族は専属護衛や、警備の騎士を雇うことが多いため、有望な騎士を探しにくると聞いた。

そろそろ魔術科の実技が始まろうというとき。

急に会場となっている競技場がざわざわとし始めたので、待機室で待機していた私たちも、窓から外をのぞいてみた。

すると、立派な馬に乗った貴族が護衛を数人連れて、会場に入ってくるのが見えた。

観客たちは、一斉にそっちを見ている。

誰だろう。

「チッ、わざわざ出てきやがった……」

ん？　セドック先生、今舌打ちしました？

お行儀悪いですよ。先生なのに。

知り合いなんだろうか。

近くにいた先生たちが、慌てた様子で、その人を特等席に案内している。

「辺境伯だぞ」

イーサンが小声で教えてくれた。

うわ。カイウス辺境伯だったのか。

なんでわざわざ……騎士団の勧誘だろうか。


そろそろ開始時間なので、私とマリナとイーサンは、セドック先生に引率されて外に出る。

私たちがトップバッターなのだ。

セドック先生は一応ワンドの管理者なので、攻撃班とは別に私たちを引率している。

さっさと終わらせようと思っていたのに、めんどくさい展開になりそうな。

競技場に向かっていると、辺境伯様が拡声器を使って挨拶《あいさつ》を始めた。

「諸君。学園で、日頃から鍛錬を積んでいること、誠に喜ばしく思う。我が辺境伯騎士団は、今後成績優秀者はどんどん採用する方針だ。精いっぱい実力を見せてほしい。健闘を祈る」

さすがに名将といわれるだけあって、堂々とした演説だ。

遠目にしか見えなかったが、立派な体格で、三十代にしては若く見える。

あまり個人的にお近づきにはなりたくないが、私たち家族をこの領に呼んでくれた人だ。

なんらかの形で、辺境伯様のお役に立ちたいとは思う。

「仕方ない、行くぞ」

セドック先生、なんでため息ついてるんですか。

まあ、気持ちはわからなくもないですけど。

まだ、今の段階で辺境伯様には見せたくないんですよね、多分。

私も同じ気持ちです……

三人でジャンケンをして順番を決めてあった。

トップはイーサンだ。ジャンケンに負けたから。

次がマリナで、私は三番目。

三人とも一緒に、競技場に出た。

紹介のアナウンスが流れる。

「これより、魔術科の模擬攻撃実技を行います。魔術科一年、イーサン・フラナガン」

競技場には十体のカカシのような人形が並んでいる。

イーサンは剣のようにワンドを構えると、風の刃で瞬く間に次々と人形の首をはねていく。

何度も見たことあるけど、イーサンの動きは演武のようでかっこいい。

私もいつかはあんなふうに颯爽と使えるようになりたいと思っている。

会場がシーンとなって、最後の一体が切り落とされたときには拍手が湧き起こった。

これは、絶対辺境伯の目にとまったんじゃないだろうか。

でも、イーサンは隣のハンベル領の出身だけどね。

イーサンは体勢を整えると、辺境伯に向かって頭を下げた。

辺境伯も満足そうにうなずいている。

「魔術科一年次席、マリナ嬢」

マリナは緊張でかなり青ざめた表情だ。

大丈夫、と小声でエールを送る。

あんなにふたりで練習したんだから。

ワンドの先から雪の結晶が出て、風にのって会場に舞い散る。

マリナの魔法は何度見ても幻想的だ。

今日のところは模擬演技なので、強力なブリザードは出さないと言っていた。

でも、制限をかけていても、かなり会場には強風が吹いている。

本気のマリナなら、竜巻だって起こせるだろうな。

くるりと回転して、全方向に雪を舞い散らせてから、マリナはペコリと頭を下げた。

また会場から大きな拍手が湧き起こった。

スタンディングオベーションしている人もいる。


「魔術科一年首席、アリスティア嬢」

私の火魔法は、威力だけでなんの工夫もないし、さっさと終わらせようと覚悟を決めた。

スタスタと中央まで出て、ワンドを構えようとしたとき。

辺境伯様がすっくと立ち上がった。

「待て」

客席から拡声器で話しかけられちゃったよ……

やめてほしい。ホント。

「お前がそのワンドの開発者か」

「そうでございます」

仕方がないので、慌てて膝《ひざ》をついて返答した。

「良い、頭を上げろ。お前がロゼッタ農園の娘だな？」

「そうでございます」

「全力を見せろ。手加減は無用だ」

「承知いたしました」

ちらりとセドック先生を見ると、苦虫を噛《か》み潰《つぶ》したような顔でうなずいている。

仕方がないので、ワンドの出力制限をカチリと解除する。

まるで拳銃の安全装置をはずすような緊張感。

実は、制限解除して使ったことがないんだよね。制御できるだろうか。

競技場の中心に立っていたのを、少し後ろに下がった。

大丈夫。まっすぐ放てば、少なくともノーコンにはならない。

イーサンのときと同じように、十体のカカシ的なやつが並べられている。

その中央に狙《ねら》いを定めた。

できるだけ小さい火力で始めて、少しずつ出力を上げていく。

炎が的に届いたあたりで、ほんの少し、ワンドを左右に動かす。

静かな会場に、ごうごうと燃える音が響く。

これ以上、大きな火は危ない。

ちょっとでも手元が狂うと危険だと思って、必死に制御した。

時間にしたらほんの一分ぐらいだと思う。

十体の人形は跡形もなく焼け落ちた。

会場はシーンとしていて、拍手も出ない。

と、思ったら、辺境伯様が立ち上がって、拍手をしてくれた。

それにつられたように、会場から拍手が湧いた。

「今のが全力か」

「いえ、これ以上は会場が危険でございます」

「ほう。手加減したか」

ニヤリ、と辺境伯が笑う。

なんでそんなうれしそうなんだ。

手加減じゃなくて、制御したんですよ！

「良いものを見せてもらった。これからも精進せよ」

「ありがとうございます」

終わったあ～！

どうなることかと思った！

まったく、突然やってきて予定外のことやらされて。

辺境伯が『全力で』なんて言い出さなかったら、一体ずつ適当に焼く予定だったのに。


控室に戻ると、先に戻っていたイーサンとマリナが「お疲れ」と言って迎えてくれた。

いや、ほんとに疲れたよ。

盛大に愚痴ろうと思っていたら、マリナがなんだか困惑した顔をしている。

「あのね、アリス。午前の部が終わったら、辺境伯様が私たちに会いたいらしいの」

「え？　どういうこと？」

「よくわかんないけど、応接室まで来るように、ってさっき伝令がきて」

「三人とも？」

「うん。そう。聞きたいことがあるらしい」

「げっ。なんだろう」

まあ、多分ワンドのことだろうけどなあ。

三人とも、ってどういうことだろう。

やっぱり、騎士団への勧誘？

戻ってきたセドック先生に聞いてみたけど、心当たりはないそうだ。

今日、来ることも知らなかったみたいだし。

もし無茶なことを言われても、学生なんだから断ってもいいと言われた。

◇

午前の部の終了アナウンスを待って、私たちは案内されて応接室へ向かった。

応接室の真ん中に、辺境伯様がどっしりと座っていて。

その後ろには、屈強な騎士が三人、微動だにせず並んでいる。

重圧感、ハンパない。

私たちは三人横並びで、辺境伯様の前に膝をついた。

セドック先生は付き添いで、部屋の入り口に立っている。

「突然呼び立ててすまない。頭を上げてくれ。少々聞きたいことがあってな。気を使わなくていいから座ってくれ」

椅子《いす》が用意されていたので、言われた通りに座らせてもらう。

「まずはワンド開発の功績、学生ながら素晴らしいものだ。アリスティア嬢には後ほど報奨を考える。そして、その研究に協力したであろうふたりもよくやってくれた。素晴らしい実技だった。君はハンベル領の、フラナガン子爵の息子だな？」

「はい、そうです」

「先ほど見ていたが、風魔法で剣にも劣らない力だった。適性は風だけか？」

「いいえ、本当は火の方が得意ですが、今日はアリスティア嬢がいたので」

「なるほど。火と風適性か。率直に聞くが、辺境伯領の騎士団に入る気はないか」

「……ございます」

「即答か。ハンベル領にも騎士団はあるが、いいのか？」

「私が力を出せたのは、このワンドがあったからです。この力を生かせる方に進みたいと思います」

「良き判断だ。悪いようにはしない。期待しているぞ」

「ありがとうございます」

ちょっと驚いたけど、イーサンは辺境伯騎士団に入るつもりなんだ。

そんなにワンドを気に入ってくれていたなんて、ちょっとうれしい。

多分、ハンベル領の騎士団には、魔術師がいないんだろうな。

辺境伯騎士団には、この学園の魔術科卒業生がいるからね。


「次に、マリナ嬢。稀有な氷結スキルの持ち主だと聞いている。実は、俺《おれ》もあまり見たことがない。なんでも凍らせることができるんだろうか？」

「はい、水分のあるものなら、だいたいなんでも。金属とかは無理ですが」

「試しに何か凍らせてみせてくれないだろうか。例えば、この花を凍らせることはできるか？」

テーブルの上に飾ってある鉢植えの花。

マリナは手をかざしただけで、一瞬で凍らせた。

辺境伯は、満足げに笑みを浮かべた。

「アリスティア嬢は、収納スキル持ちだな？　時間停止はできるのか？」

「はい。大丈夫です」

「容量はどれぐらいだ？」

「……実は、自分でもよくわからないのです。いっぱいになったことがないので」

「それほどか……」

辺境伯は、何か考え込むような様子で一瞬沈黙すると、ちらりとセドック先生の方へ視線を向けた。

「実は君たちのことは、かなり以前から噂が届いていた。何度も会わせろと言ってたんだが、その教師が頑として会わせてくれなかったんだ。それで、しびれを切らしてこっちから出向いたわけなんだが……ちょっと頼みを聞いてはくれないだろうか」

「辺境伯、彼らは学生ですぞ。本分は勉強です」

「わかっている。しかし、時間があまりないのだ」

辺境伯は、困ったような顔で、セドック先生と話している。

話し方で、かなり親しい間柄だと感じるけど……

個人的な頼みなんだろうか。

辺境伯様は、さっき会場で見たときのような威厳のある態度ではなく、本気で困っているようだ。

「実は、私には妹がいるのだが、病気なのだ。日に日に病状が悪くなっている。魔力欠乏症という、先天的な不治の病だ。そして、この病にはひとつだけ特効薬があるといわれている。そうだな？ マンガス」

「私は無理だと申し上げましたが」

セドック先生は不機嫌そうにつっけんどんな返事をしている。

ていうか、マンガスって、ファーストネーム呼び？

「その特効薬になる薬草があるんだ。アリスティア嬢の母君のロゼッタ殿なら知っているかもしれない。ルナリア草という、高山の山頂付近でまれに咲くといわれている花だ。だが、採取する手段がない」

「それは……どういうことでしょうか」

「人間が触れると、すぐに枯れてしまうんだ……いろんな方法で何度もやってみたんだが、見つけても採取が難しい」

「では、どうやってその薬草が特効薬になるとわかったのですか？　過去には採取した人がいたはずですよね？」

「冷凍保存だ。手を触れずに凍らせて、そのまま持ち帰る必要がある」

思わずマリナと顔を見合わせる。

それで、私たち、ということか。

なるほど、他の人では無理な話だよね。

過去には、マリナと同じ氷結スキルを持っている人がいたということか。

「持ち帰りさえすれば、薬は作れるのですか？」

「ああ、大丈夫だ。冷凍のまま煮沸して、ポーションにする」

「しかし、辺境伯。そんな危険なところへ、子どもたちをやるわけにはいきませんぞ」

「わかってる、わかってるんだ。だが、精鋭の騎士団を連れていくし、彼女たちのことは私が責任を持って守る。どうか、聞き入れてはもらえないだろうか」

辺境伯様に頭を下げられて、困ってしまう。

そんなの、断れるわけないいじゃない。

人の命がかかってるんだもん。妹さんだよね？

そりゃあ、助けたいよね。

「高山地帯は冬になると雪深くて、とても人は登れない。気候のいい今が最後のチャンスなんだ。妹は多分この冬を越すことができないだろう」

冬はもう目前にせまっている。

時間がないというのは、そういう理由か。迷っている場合じゃないよね。

危険な場所らしいけど、辺境伯様は何度もやってみたと言っていたし。

行って帰ってこれない場所じゃないんだろう。

「わかりました、私はいいですけど……マリナは？」

「私も行きます。大丈夫です」

「そうか。行ってくれるか」

辺境伯様は、ぱっとうれしそうな顔になった。

なんだか憎めない人だな。第一印象とずいぶん違う。

そんなところが、皆から慕われているんだろう。

マリナも優しい子だもんね。

人の命がかかっているのを見過ごせないよね。

これ、マリナにしかできないことだもん。

セドック先生も、それ以上は口をはさまなかった。


早急に騎士団を用意するので、いつでも出立できるようにしておいてほしいと言われた。

私たちに巻き込まれたイーサンには申し訳ないけど、一緒に行ってくれるようだ。

いずれカイウス騎士団を目指すつもりがあるなら、いい機会かもね。

それにしてもてっきりワンドのことだと思っていたら、全然違う用事でびっくりした。

辺境伯様の必死な様子が伝わってきて、なんだか同情してしまった。

誰だって、家族は大切だよね。

三人で応接室を出ると、扉の向こうからセドック先生と辺境伯様がなにやら言い争う声が聞こえたけど。

大人の事情がありそうだったので、そこは聞かないことにする。

「なんだかすごいことになっちゃったよね」

マリナは不安そうだ。

私は割と開き直っていて、なるようになれと思っている。

なんならこれで辺境伯様に気に入ってもらえたら、進路のことも多少融通をきかせてもらえるかもしれない。なーんてね。

それより、たまたまワンドを使っていただけで巻き込まれた、イーサンに申し訳ないなあ。

「ごめんね、イーサン。なんか巻き込んだみたいで。本当に辺境伯騎士団に就職するつもりなの？」

「え？　ああ、俺？　いいよ、元々考えてたことだし、むしろ覚悟が決まった感じ」

「そうなの？」

「俺、これがすっげー気に入ってるんだ」

イーサンは腰に下げたワンドをぽんぽんと叩《たた》いて、にっこり笑った。

「今のところ、この武器を一番使いこなしてるの、俺だろ？　だったら、カイウス騎士団に入るしかないと思ってさ。中途半端《ちゅうとはんぱ》な俺にも、希望が出てきたなって思ってるんだ」

「そっか。イーサンの風魔法、かっこよかったもんね！」

「せっかく魔術師クラスの攻撃班に入ったんだから、一度は活躍してみたいじゃん。それにさ、辺境伯様っていい人そうだし」

「そうだね。思ったより話しやすいし、家族思いの人だったね」

いつお呼び出しがかかるかわからないので、私とマリナは早速遠征の準備を始めることにした。

長旅になっても大丈夫なように、いろいろ持っていかないと。

第九章　国境を目指す

その後、辺境伯様からの連絡がきて、行き先は国境にあるトスカ高山地方だと聞いた。

国境といっても、高山地帯なので、隣国と争いになるようなことはない場所らしい。

というか、人はほとんどいない山岳地帯のようだ。

私たちは心の準備をするために、図書室でそのあたりに出現しそうな魔獣を調べることにした。

辺境伯様や騎士団が守ってくれるとはいえ、いざというときに身を守るのは知識だ。


高山地帯でやっかいなのは、空から攻撃してくる肉食の鳥獣だ。

鋭い爪《つめ》やくちばしを持ち、高速で飛んできて人や動物を咥えていってしまうらしい。

超大型の鷹のような魔獣で、トスカ鳥獣と呼ばれている。

「こんなのが出たら終わりじゃん……どうやって逃げたらいいんだろ」

「木が生い茂っているところに隠れたら大丈夫かも？」

「こういう鳥ってたいてい気流にのって飛んでるから、マリナの竜巻ブリザードで落とせるかもよ？　落とすのは無理でも撃退はできるかも。私も空に向かってなら遠慮なく炎攻撃できるし。それに、飛んでる鳥に攻撃するなら、イーサンが一番得意じゃない？　羽を切り裂くとか」

「確かにな。出力制限を解除したらいけるかもしれない。空に向かってなら遠慮することないよな」

地上の敵は騎士団でもなんとかなるので、私たち魔術師チームは、空の敵を蹴《け》散らそうと話し合った。

セドック先生が『危ないところ』と言っていたので、多分戦闘は避けられないんだと思う。

私とマリナの目的は、薬草の採取だから、積極的に戦いには参加しない。

でも、全員が生き延びることが一番だから、後方支援は頑張ろう。

私たちは戦いに慣れていないので、イーサンにワンドの使い方を教えてもらうことにした。

イーサンは剣の修業をしていたことがあるので、身体の使い方がうまい。

それで、鋭い風の刃を出せるんだと思う。

マリナとふたりで、自己防衛できる程度にワンドの構え方や、振り方を習った。

まあ、見た目はちょっとマシなフォームになったかもしれないけど、私のノーコンは変わらない。

下手にファイヤーボールは使わず、ファイヤーバーナーだけにしておいた方が無難だろうなあ。

私たちが高山地方へ行くという話をしたら、ローレンが心配して、魔石を分けてくれると言う。

ワンドの魔石の寿命がよくわからないからだ。

セドック先生とも相談して、最大出力が出せるぐらいの魔石を準備してもらった。

きっと辺境伯様がお金を払ってくれるんじゃないだろうか。

ワンドを破損する可能性があるので、念のために在庫十本全部持っていく。

シルバーの耐久性が未知数だもんなあ。


今回の遠征で、私にはもうひとつの目的がある。

それは高山植物を採取すること!

なんたって、薬草農園の娘ですから!

もちろんより道している時間はないだろうけど、野営地の周辺ぐらいなら、ちょっとぐらい採取できるかも。

高山地帯の土の成分がわからないので、土と根っこごと収納に入れて持って帰ろうと思う。

貴重な薬草が見つかったらいいのにな〜。


何日で帰ってこれるかわからないから、マリナとふたりでお料理もせっせと保存した。

だって、毎日固形食料と干し肉だなんて、美食家の私たちには耐えられません!

カボチャや芋は大量に煮たし、魚は野営で焼いたらいいよね。

食堂の人に余っている大きなお鍋を借りて、マリナと私の部屋の魔道具コンロも持っていくもんね。

パンとフルーツだけは、町に買いに行った。

経費は後で辺境伯様に請求する！

◇

慌ただしく準備をして、出発日当日。

騎士団の馬車が学園まで迎えに来てくれた。

以前、辺境伯様に会った時、後ろに立っていた騎士様がふたり、私たちの護衛についてくれるらしい。

いかつい感じの騎士様だけど、頼りになりそう。

騎士団から魔術師の人も同行してくれるらしく、イーサンはその見習いにつくということだ。

私たちは特に手荷物もないので、ほぼ手ぶらで馬車に乗り込《こ》む。

六人乗りの大きな馬車だ。

同乗している騎士様は、無言でピシッとした姿勢を崩さない。

馬車の中はなんだか緊張した空気に包まれていた。


「よう！　来たか」

辺境伯家に着くと、辺境伯様はまるで親戚のお兄ちゃんみたいな感じで、手を上げて挨拶《あいさつ》をしてくれた。

私たちは一応、立ったまま敬礼をする。

遠征中はいちいち膝《ひざ》をつかなくても良いと聞いていたので。

「長旅になるが、のんびりしていてくれたらいい。採取以外のことはこっちでやる」

「わかりました、手伝えることがあれば、声をかけてください」

辺境伯様の後ろには、長髪イケメンの、魔術師様がいた。

なんだか豪華そうなローブを着ている。

この人が辺境伯軍の魔術師様？

「紹介しておく。友人のネヴィル・カーマイン。上級魔術師だ」

「君たちが噂の若手魔術師か。よろしくね」

なんと上級魔術師。雲の上の人だ……すごい。

ということは、上級魔術院に所属してるんだよね。

友人、と言ったけど、騎士団の人ではないんだろうか。

「無理言ってついてきちゃったよ。君たち、面白《おもしろ》いもの開発したんだって？　その腰に下げているのがそう？　後で見せてくれる？」

カーマイン様は興味津々という顔で、イーサンのワンドを見ている。

私たちも装備してるけど、ローブで隠れているからね。

カーマイン様は、学者肌の人っぽい。

よっぽどワンドに興味があるのか、自分からついてきたようだ。

「予備がありますので、良かったらどうぞ。遠征が終わったら返却してください」

「わあ、うれしいなあ。借りてもいいの？　どれでも同じ？」

「サイズと見た目以外は、同じです」

「使い方、教えてくれる？」

カーマイン様の目がキラキラしている。

魔石の交換方法と制限解除の方法を説明すると、機嫌よく杖《つえ》をいじって遊んでいる。

お気に入りのオモチャを与えられた子どもみたいだ。

まあ、上級魔術師様なんだから、貸し出しても大丈夫だよね。

「僕も学園の後期実技は面白い見世物があるって聞いて、見に行ってたんだよ。君、最初に風魔法使ってた生徒だよね？」

「はいっ！　そうです」

「アルフ……辺境伯から君の面倒見るように言われてるから、君は僕と一緒の馬車ね。聞きたいことといっぱいあるし」

「はいっ！　よろしくお願いします！」

カーマイン様は、イーサンを連れていってしまった。

イーサン、緊張していたけどなんだかうれしそうだったなあ。

上級魔術師様がいるなら、私だってこの遠征の間に聞きたいことがいっぱいある。

特に空間魔法と時間魔法について。

こんなチャンスは二度とないかもしれない。

ああいうタイプの人は、専門分野のことをしゃべり出すと止まらないタイプだ。きっと。


私たちは三台の馬車に分かれて、出発することになった。

私とマリナと護衛の人がふたり。

カーマイン様とイーサンと、騎士の人。

辺境伯様と、騎士様たち。

総勢十二人だ。

荷物が結構場所をとっていたので、すぐに使わないものは私の収納で引き受けることにした。

私たちの馬車には護衛さんが乗っていて、ちょっと気を使う。

「空気だと思ってくれていい」と言われたが、そんな威圧感のある空気って、無理があるよ。

でも、途中でおやつを分けてあげたら、機嫌よく受け取ってくれたし、笑顔も向けてくれるようになった。

私とマリナはいつものように、ぺちゃくちゃとおしゃべりをしながら、窓の外の風景を眺めているだけだ。

何日ぐらいかかるのかと聞いてみたら、山の麓《ふもと》までは二日程らしい。

私たちを連れているので、無理をせず、途中で一泊野営をする予定だと。

ふたりの護衛さんは、何度か辺境伯様と一緒に行ったことがあるんだって。

「おふたりはルナリア草を見たことがあるんですか？」

「ああ、ある。夜になると白い小さな花が咲く草だ」

「人間が触れると枯れてしまうと聞いたんですけど……」

「そうなんだ。ちょっとでも触れるとそこから腐ってしまう」

「例えば、触らないように周囲の土を大きく掘り起こすとか」

「もちろんやってみたさ。だけど、根っこに触れてしまうとそれもダメなんだ。それに、うまく土ごと採取できたとしても、なぜだかすぐに弱って枯れてしまう。冷凍保存が一番良いらしい」

なるほど。根っこがどこまで伸びてるかわからないものね。

失敗する可能性を考えると、最初から冷凍する方が現実的なのか。

少なくとも先に冷凍してしまえば、その部分だけは腐らないんだろうな。

マリナは責任重大だなあ。

私は運ぶだけだけど。

植物図鑑にもちゃんとのっていたんだけど、ルナリア草は夜に花が咲く。

だから、昼の間に見つけて場所に目印をつけておいて、夜になってから採取するみたい。

辺境伯様は、今回の遠征にかなり期待しているそうだ。

よろしく頼むと、護衛さんにまで頭を下げられてしまった。

スムーズに国境近くまで走って、遠くに高い山が見え始めた。

夕日が落ちてきたので、そろそろこのあたりで野営をすることになった。

夜間の山越えは、慣れている人でも危ないらしい。

森と平原が広がっていて、人も動物も見当たらない。

ここなら見晴らしがいいから、敵が来てもすぐに気づけるだろうと護衛さんは言っていた。

騎士様たちがテントを準備してくれている間に、私とマリナが食事の支度《したく》をする。

男所帯だから、それぐらいはやろうと、マリナと決めていた。

といっても、ほとんど準備はできているので、収納から出すだけだ。

風よけを作って、魔道具コンロを出す。

大きな鍋に入った具だくさんの野菜スープを火にかける。

騎士様が焚き火をしていたので、網を置かせてもらって、魚を焼くことにした。

塩とスパイスをたっぷり振って、切り身を次々と焼く。

パンや野菜の煮物なども適当に並べておく。

「おおお！　いいにおいだ！　こんなところで魚が食えるなんて！」

「マリナのお父さんが釣ってきてくれた魚です！」

カーマイン様が、子どものように喜んでいる。

みんなで火を囲んで、キャンプファイヤーみたいだ。

「スープはセルフサービスです。お好きなだけどうぞ。ロゼッタ農園自慢の野菜がたっぷりです！」

「これはありがたい。いただこう。遠征で干し肉以外のものが食べられるとは」

よかった。喜んでもらえて。

平民の作った食事なんて口に合うだろうかと心配していたが、辺境伯様も機嫌よく食べてくれている。

どんなに偉い人でも、遠征に出たら食事は皆と一緒だもんね。

カーマイン様が言うには、王宮の食堂でも、魚はめったに出てこないらしい。

王宮にも収納スキル持ちはいるが、皆忙しくてあまり食材を運んだりはしないそうだ。


「なあ、お前たちも、辺境伯騎士団で働かないか？　戦わなくていいから、騎士たちの面倒見てやってくれよ」

「ありがたいお誘いですが、私には農園の仕事がありますので……」

「臨時のアルバイトでもいいぞ？　新鮮な魚を持ってきてくれるなら、高く買い取ろう」

「では、ロゼッタ農園の野菜とセットで買い取っていただけるのなら、引き受けます！」

「もちろんだ」

マリナの顔が、ぱっと明るくなった。

魚を辺境伯家に買い取ってもらうアルバイトはいいよね！

あそこはたくさんの人が働いているから、たくさん買ってくれそう。

もちろん私も喜んで協力します。

マリナの実家なら、二日あれば往復してこれるし。

そういえば、学園から借りっぱなしになっていた給水タンクがあるのを思い出して、外に出して水をいれておいたら、それも大層喜ばれた。

騎士様たちだって、身体を洗ったりしたいよね。

私とマリナはテントの中で、たらいにお湯を出して、身体を拭いて寝た。


翌朝起きると、朝っぱらからカーマイン様とイーサンが戦闘訓練をしていた。

ワンドを使って、模擬試合をしているようだ。

カーマイン様も初めてワンドを持ったのに、器用に剣のように振り回している。

時々、どちらかに攻撃が当たっても怪我《けが》をしている様子はないので、出力を最小限に抑えているようだ。

辺境伯様も、近くに立って笑いながら眺めている。

どっちかというと負けているのは、イーサンだ。

そのうち、勝負がついたのか、ふたりで戻ってきた。

「いやあ～、これ、いいよね。剣と違って軌道が目に見えないから、避けにくいのなんの」

「実際の戦闘に使えそうか？」

「いいと思うよ。剣より攻撃範囲が広いしね。使い慣れたら、コントロールがしやすい」

ふたりとも息を切らして、技の出し方などを語っている。

すっかり打ち解けたみたい。

イーサンみたいなワンドの使い方をしようと思ったら、それなりに剣も使えないと無理だ。

魔術と剣術を組み合わせて使える魔術師はなかなかいないと思う。

「ねえ、これ、試作品なんでしょ？　僕に譲ってくれない？　きちんとお金払うから」

「ええとですね……完成品ができたら、どっちみち辺境伯様に献上するつもりだったんですが」

カーマイン様と私が辺境伯様を見ると、呆《あき》れたような顔をしている。

「どうせ俺《おれ》はもらったって使えないんだから、使えるのはお前ぐらいなもんだろ」

「やった！　じゃあ、これ、僕のね。よし、もっと練習しよう！」

辺境伯様はいつもあんな調子で、カーマイン様に振り回されているんだろうか。

イーサンは苦笑している。

イーサンは人に合わせるのがうまいので、いい師匠と弟子になりそうだ。


カーマイン様は独自でワンドの使い方を研究しているようで、次々と技をあみだしていた。

例えば、杖先をくるくるっと素早く回しながら風魔法を使うと、小さなつむじ風を起こせるようだ。

まっすぐ風を起こすだけでは弱くても、つむじ風なら人を押し返すことぐらいはできる。

マリナも教えてもらって、すぐに習得していたし、イーサンも対戦で使いこなしている。

私は風魔法が得意ではないので、あまりうまくできないけど。

カーマイン様が言うには、人は適性のない魔法を使うときには、魔力をたくさん使う。

だから、魔力量の少ない人は、適性魔法だけを使う方が効率がいい。

でも、私のように魔力量に余裕があるなら、全力で苦手な魔法を使うといいらしい。

そういえば、私はいつも魔力を抑えることばかり気にしていて、全力を出したことがなかった。

その話を聞いてから、風魔法も練習するようになった。

ちなみにカーマイン様は四属性すべて使えるが、本来水と土は苦手なんだそうだ。

さすが上級魔術師様！


カーマイン様に聞きたいことがあると言ったら、イーサンが馬車の席を交換してくれた。

実は、カーマイン様の話し相手は、結構疲れるらしい。

ひっきりなしにいろんなことを聞かれるそうだ。

「で、アリスちゃん、僕に聞きたいことがあるんだって？」

「はい。実は空間魔法のことなんですけど、学園では教えてもらえなくて」

「あー。僕は収納スキル持ってないけど、わかる範囲なら」

私は以前セドック先生に相談した、異空間内で物質の移動は可能かどうかという質問をした。

A地点（自宅）で収納したものは、B地点（学園）にいても、時間を巻き戻すという方法でA地点に戻せるという話もした。

「へえ。アリスちゃんって本当に頭が柔軟なんだね。その座標という考え方は面白いし、A地点とB地点の座標をスキルで記録しているという考え方も正しい」

「それで、A地点で収納した箱に、B地点で何かを入れて、A地点に戻せたらって思ったんです。それが可能なら、実家に荷物を送ることができるので。だけど、B地点で箱を外に出したら、そこで座標が上書きされてしまうでしょう?」

「なるほど。家に荷物を送りたい、という発想だったんだね。それで、異空間内で箱の中に物を入れたい、と。惜しいなあ……もうちょっとのところまできてるんだけどね。でも、結論から言うと、異空間内での物質の移動は実現していない」

「やっぱり無理なんでしょうか」

「考え方を整理してみようね。A地点、実家で箱を収納する。B地点、学園で箱を取り出す。これが一本の線でつながっているよね? それで、箱を収納から出してしまうと、それは新たにC地点として置き換えられて、それを収納することで今度は異空間内のD地点とつながる。D地点からA地点にはつながりがない。でもさ。考えてみて? どうして異空間内の箱は実家に送り返すことができるの?」

「それは、異空間内では時間が止まっているので、ほんのちょっと時間を巻き戻すことでA地点にあったときの状態に戻すことができるからです」

「正解。だったら、異空間内から取り出した箱を、再度収納するときに、それは応用できない?」

「あっ! できるかも」

そうか。一度取り出したら箱の座標は変わってしまうと思っていたけど。

もう一度異空間に入れるときに、時間の巻き戻しを使えたら、座標を変えずにB地点に戻すことが可能かもしれない。

それができたら、もう一度時間の巻き戻しでA地点へ。

なんでそこに気づかなかったんだろう。

すごい。カーマイン様の話を聞くと、簡単にできそうな気がしてくる。

「僕はやってみせてあげることができないけど、アリスちゃんならできそうな気がするな。もちろん、箱に中身が増えると、同じ箱ではないから、うまくいかないかもしれないけど」

「はい！　一度練習して試行錯誤してみます。時間の巻き戻しっていうのは、意識せずやってたことなので、うまくいくかわからないですけど」

「そこがスキルの不思議なところなんだよねえ。意識せずできる人もいれば、練習してもできない人がいる。僕も収納だけは、いくらやってみてもダメだった。それは、一種の才能だと思っていいよ」

才能というか、チートなんです。申し訳ない。

でも、私には戦いの才能は皆無なんで、やっぱり個性は人それぞれだと思うのです。

「アリスちゃん、いい目をしてるねえ。ミルフィーナも昔はそんな目をしてたな」

「ミルフィーナさん？」

「辺境伯の妹だよ」

「ご病気だという人ですか？」

「そう。僕はミルフィーナと学園で同級生だったんだ。で、婚約者になるはずだった」

「だった、っていうのは……」

「ミルフィーナが病気になったから、うちの親が反対したんだ。前カイウス辺境伯も、娘は嫁に出さないと言って」

「そうだったんですね……」

「でも、僕は諦《あきら》めていない。アルフだって同じさ。だから君たちが協力してくれてとてもうれしいよ」


そうだったんだ。

カーマイン様は、決して興味本位でついてきたわけじゃなかった。

そんな事情を聞いてしまうと、ますます頑張らなければと思ってしまう。

人助けだもんね。

「他にも聞きたいことがあるんですけど、いいですか？」

「いいよ。アリスちゃんは本当に勉強が好きなんだね。上級魔術院に来ない？」

「えーっと。うちは辺境伯領の薬草農園なので……それに、貧乏な家ですから」

「そんなの、アルフに言えばなんとでもなるのに。僕から推薦しておこうか？」

「……もう少し考えてみます。卒業までまだ時間がありますし」

「わかった。その気になったらいつでも言ってよね！　それで次の質問は何？」

「えっと、魔石の魔力抽出と、魔力付与についてなんですけど」

「付与？　また大きく出たなあ。ホント、君、面白いね……物質に魔力を付与しようとしてる？」

「やっぱり無理ですか……」

ああ、楽しい。

カーマイン様との会話は本当に楽しい。

なんでもできそうな気がしてくる。

これが上級魔術院の人の知識なんだ。


上級魔術院。

雲の上の場所だと思っていたけど、カーマイン様を知ってしまうと、現実に手が届きそうな気がしてくる。

進学したいなあ……

私、せっかく空間魔法も時間魔法も使えるのに、今の学園では教えてもらえない。

これ以上のことを知りたいと思ったら、上級魔術院に行くしかないんだよね……

「あの……上級魔術院って、王都にあるんですよね？」

「そうだよ。少し興味がわいちゃった？」

「辺境伯領からどれぐらい離れているんでしょうか」

「そうだなあ、馬車で一週間ぐらいか。ゆっくり移動するともうちょっとかかるかもしれないな」

一週間かあ……それだと、今みたいにしょっちゅう実家に帰ることはできなくなっちゃうよね。

今の私は家族と遠く離れて、ひとりで王都で暮らす自信がない。

マリナはどうなんだろう。

一緒に王都に行ってくれないかな……


山の麓へ続く一本道を進んでいるときに、急にガタンと馬車が止まった。

御者をしている騎士様が『魔獣です！　ブレイズボアです！』と大声を上げた。

窓から外を見ると、五、六頭のイノシシのような魔獣が群れで走ってくるのが見える。

ええと、確かブレイズボアは突進してくる魔獣で、力は強いけどそれだけだったはず。

逃げても相手の方が足が速いので、突進してくるのを止めないといけない。

馬車にぶつかったら大変だ！

「おっと、ちょうどいい獲物だ！　僕は行ってくるよ！　アリスちゃんはここでじっとしてるんだよ！」

「はい、わかりました」

「これ、使わせてもらうね～！」

カーマイン様は杖を持って馬車から飛び出していった。

私はもちろんお留守番です。

猛スピードで走ってくる魔獣に魔法で攻撃するなんて、できそうにもない。

別の馬車からイーサンも飛び出していったのが見えた。

騎士様たちも走っていったが、カーマイン様とイーサンが並んで前衛に出た。

派手な火魔法をぶっ放して、魔獣を足止めしている。

あの大きさとスピードだったら、つむじ風ぐらいじゃ止まらないもんね。

広くて見晴らしのいい場所だから、大きな火魔法も使い放題だ。


騎士様たちが剣でとどめを刺して、あっという間に討伐は終わった。

辺境伯様がやっぱり一番強そうだ。

騎士様たちは手慣れていて、学園の野外実習のときとは全然違う。

あのときの狼の魔獣なんて、かわいく思えてくる。

カーマイン様がおいでおいで、と手招きして呼んでるみたいなので、馬車を出て近くまで行ってみた。

近くで見ると、かなり大きい。

「アリスちゃん、これ、持って帰れる？　全部じゃなくてもいいんだけど」

「大丈夫ですよ。素材を使うんですか？」

「それもあるけど、ブレイズボアの肉っておいしいんだよ」

「そうなんですか！　食べたことないです。持って帰りましょう！」

六頭いっぺんに収納に放り込んだら、みんなに驚いたような顔をされた。

食材と聞いたら、全部持って帰りますよ！

調理方法が気になるなあ。


「この子たちがいると、旅が楽だねえ。アルフ」

「まったくだ。いつもこんなに楽だといいんだけどなあ」

いつもだと、道に横たわったブレイズボアをどける作業だけで時間をとられるそうだ。

数百キロぐらいありそうだもんね。

死骸を放っておくと、そこにまた魔獣がむらがるんだとか。

野営地の近くだったら、焼いたり埋めたりしないといけないらしい。

それは想像しただけでも大変だ……


山を登り始めると、道がだんだん細くなってくる。

行けるところまで行って、そこからは徒歩で探すそうだ。

前回見つけた場所まで行って、その周辺を探すらしい。

登り坂なので、馬車のスピードも遅くなっていく。

ちょっと開けた、見晴らしのいい場所に出て、そこに拠点を作ることになった。

前回もそこで野営したらしく、火を起こした跡が残っている。

馬車はここまでで、いよいよルナリア草を探しにいくようだ。

馬車を降りると、私とマリナは護衛さんと一緒に待機しているように言われた。

見つけたらいったん下りてきて、夜を待つことになるからだ。
私は体力に自信がないので、ありがたくお留守番させてもらうことにする。
その代わり、晩ごはんの支度は任せてくださいね！

テントをはるのかと思ったけど、目立つので夜になるまでは、はらないらしい。
なんでもこの高山で一番危険なトスカ鳥獣は目が良いんだそうだ。
山の上は肌寒いんだけど、なるべく火も使わないとのこと。
まあ、収納の中には熱々の料理も保存してあるから、火を使わなくてもいいよね。
馬に水を飲ませてやってほしいというので、たらいを出して水を置いてあげた。
そうだ。うちの農園のニンジンもプレゼントしよう。

私とマリナは馬車の中で、おやつを食べながら休憩。
何が出てくるかわからないので、勝手に外へ出てはいけないと言われてしまった。
護衛さんは馬車の近くでウロウロしている。
夜には山を登らないといけないので、体力を温存しておく。
外は見晴らしが良くて、絶景だ。
魔獣さえいないなら、最高の旅行なんだけどなあ。

夕方、日が落ちる前に、ルナリア草を探しに行った人たちが戻ってきた。

目星をつけていたあたりに、見つかったらしい。

日が暮れたらすぐに出発するとのことで、私たちも登山靴に履《は》き替えたりして、用意を始めた。

あまり夕食を食べすぎると、山登りがキツくなるので、パンや焼き芋などを食べて夜を待った。

真っ暗な山でルナリア草を見つけられるのか？と聞いたら、花が咲くとぼんやり光るんだそうだ。

不思議な草だ。


私とマリナを真ん中に隊列を作って、魔道具のランプを片手に山を登る。

イメージでは樹海のような場所で、ヘビやトカゲのような魔獣が出たりするのかと思ったけど、
トスカ高山は岩山だった。

砂漠のように、ところどころ見慣れない大型のサボテンのような木が生えているだけだ。

このあたりは冬が厳しいし、食物がないので、魔獣もそれほどは繁殖しないらしい。

危険なのはブレイズボアのような大型魔獣と、トスカ鳥獣だけみたい。

それにしても、登山はきつい。

昼間探しに行った人たちが、目印の光る石をところどころに置いているので、それを頼りに進む。

ヘンゼルとグレーテルの話を思い出してしまった。

二時間ほど登るそうだ。

「あった！　ありました！」

「よし、みんな！　触らないように注意深く進むぞ」

先頭の人の合図で、皆、足元にルナリア草がないかランプで確認しながら、慎重に少しずつ進む。

貴重な草だから、踏んだら大変だ。

私とマリナは収納からランプをいくつか出して、それを近くの木にぶら下げた。

先頭の人が見つけたルナリア草は、小さな花がいくつか咲いていていて、一株のようだ。

マリナが慎重にルナリア草に氷結スキルを使う。

凍ったときに、花がひとつポロッと落ちてしまった。

「あっ！」

「大丈夫。壊れても持って帰れるから」

すかさず落ちた花を収納する。

凍ってさえいれば、使えるよね。

「こっちにもありました！」

別の人の声で、急いで移動して、冷凍しては採取していく。

ところどころ地表がぼんやり光っていて、幻想的な光景だ。

「あれはなんですか？」

「魔石だ。ルナリア草が生えている場所は、必ず近くに魔石がある」

ふーん。

魔石があるということは、このあたりの地表には魔力が含まれているんだろうか。

ひょっとして、ルナリア草は、地面から魔力を吸収してるのかも？

地面に触れて、土の成分を分析してみる。

かなりはっきりと魔力を感じる。

だとしたら、土ごと持って帰った方がいいかもしれない。

「マリナ。できるだけ根っこも凍るように、地面ごと凍らせてくれる？」

「うん、わかった」

地面を深く掘るように、土ごとごっそり収納してみた。

根っこが切れたかもしれないけど、手は触れてないからセーフだよね？

地面に魔力が多ければ、ルナリア草は栽培できるかもしれない。

頭の片隅に、ローレンの鉱山が浮かんだ。

あそこは、かなり高純度の魔石があるから、もしかすると栽培に適しているかも。


突然空から、「ギャア」と大きな声がした。

魔獣の鳴き声のようだ。それも複数。

「まずいな。トスカ鳥獣に気づかれたか」

「光に寄ってきてるのかもしれません！」

「僕らが行くよ」

カーマイン様が、炎を出しながら、鳥獣を別の場所へ誘導するという。

炎を出すだけなら、私にもできるけど、私はマリナのそばを離れることができない。

「すまん、頼む。俺にはどうにもできん」

「わかってる。イーサン、行くぞ！」

カーマイン様とイーサンが、空に向かって大きな火を出しながら、走っていく。

「三株あれば今回は十分だ。成功したら、また来ればいい。命の方が大切だ」

辺境伯様が、撤収命令を出した。

だけど……

こういう雑草のような薬草って、地下で根っこがつながってることが多いんだよね。

離れた場所で、ひときわ大きな炎の柱が上がった。

カーマイン様が戦闘を始めたのかもしれない。

「辺境伯様、ちょっとだけ待ってください！」

最後のルナリア草を採取した近くの地面に、土魔法を流してみる。

多分、根っこが残っているはず。

全力だ。巨大化せよ！

みるみる近くの地面からルナリア草が生えた！

「これは……」

花が咲くまで魔力を流し続ける。

ルナリア草は、多分魔力を養分にしているんだ。

ごっそり魔力を吸われているような、初めての感覚。

私を中心にルナリア草が広がっていく。

「マリナ！　お願い！　このへん一帯を全部凍らせて！」

「おっけー！　アリス、どいていて！」

マリナが凍らせた場所から、土ごとごっそり採取する。

これだけあれば、少しぐらいダメになっても使えるものがあるかもしれない。

良かった。諦めなくて。


「撤収するぞ！」

辺境伯様が大声でカーマイン様のいる方向へ叫んだが、戦闘は続いている。

イーサンとカーマイン様の、二本の火柱が上がっている。

そのうち、一本の火柱がだんだんと弱くなり、イーサンが倒れる姿が見えた。

危ない！　助けないと！

「加勢します！」

「待て！　危ない！」

辺境伯様の制止を振り切って走る。

空に向かって火を出すだけなら、ノーコンの私だって！

走りながら、ワンドの制限をカチリと解除する。

「イーサン！　カーマイン様！」

「アリス！　来たらダメだ！」

イーサンが肩で息をしながら立ち上がろうとしている。

怪我はなさそうだから、魔力切れかもしれない。

「イーサン、私に任せて！」

近くに大きな鳥獣の亡骸が落ちている。

一体はやっつけたようだ。

空には二体の鳥獣がもつれ合うように暴《あば》れている。

私も鳥獣に向かって、全力で炎の柱を上げた。

空が真《ま》っ赤《か》に焼けたように明るくなる。

「いいぞ！　アリスちゃん、届いてるぞ！」

大丈夫、私、魔力チートだもん。

こんなときぐらい役に立たないと！

翼が焼けた鳥獣は、バサッバサッともがきながら高度を下げている。

カーマイン様とふたりで、一体ずつ炎で攻撃する。

空中でもがいていた鳥獣は、最後は大きな音を立てて地面に落ちた。

「やったぞ！」

「倒しました！」

辺境伯様たちが、走ってきた。

呆れたような顔をして、私たちを見ている。

イーサンはフラフラと立ち上がったけど、もう限界だよね。

正直私もフラフラだ。

生まれて初めて、魔力が残り少なくなっているのを感じる。

「カーマイン様、これも持って帰ります？」

「え？　ああ、持って帰れるの？」

「大丈夫です」

三体の鳥獣を収納に放り込む。

食材になるかどうかは知らないけど、素材として貴重だと本に書いてあった。

帰ったら辺境伯様に献上だ。

「さっさと撤収しよう。次に襲われたらヤバい」

そうだった。魔術師三人はもう使い物にならない。

みんな無言で下山した。

火を起こすと危ないので、野営するのは諦めて、全員馬車の中で眠った。

翌朝目覚めたら、すでに日は高く昇っていて。

騎士様たちはすでに帰還の用意をしていた。

イーサンだけは、疲れ果てて休んでいるようだ。

前にマリナが魔力切れをおこしたときも、翌日熱を出して寝込んだもんね。

「起きたか。体調はどうだ」

「大丈夫です。ポーション持ってきてましたから」

そう。昨晩はマリナと自作ポーションをがぶ飲みして寝た。

もちろん、イーサンにも飲ませておいた。

ちょっと顔色が良くなっていたみたいだから、効いてるといいけど。

学園に戻ったら、中級ポーションを作る練習しよう。


昨日、下山するとき、辺境伯様からは怒られた。

命令を聞かなかったからだ。

結果的には勝てたけど、無茶をするんじゃないと。

採取したルナリア草を一部出してみたけど、枯れている様子はない。

このまま持って帰れば、特効薬、作れるかな。

ミルフィーナ様、元気になるといいな。

「辺境伯様、昨晩ルナリア草の生えていたあたりの土壌は、かなりの魔力を含んでいるのを感じました。オルセット領の鉱山地帯と同じです」

「オルセットの鉱山？」

「そうです。オルセット男爵令嬢がクラスメイトで、一度行ったことがあって」

「それで？」

「もしルナリア草の根っこと土を分けてもらえるのなら、栽培できるかどうか試してみたいんですが……」

「そうか。そんなことができるなら、もちろんやってみてほしい。さすがロゼッタ殿の娘だな。あの成長促進は母君に習ったのか？」

「はい。子どもの頃から、畑の作物を巨大化させてました。あの……辺境伯様は、お母さんを知っているのですか？」

「直接の知り合いではないが……これは一部の貴族の間では有名な話でな。ロゼッタ殿は元貴族だ。それも、上級魔術院の優秀な魔術師だった」

「へっ、お母さんが……？」

「そのへんの話は、俺の口から言うよりも、ご両親から直接聞いた方がいいだろう。俺が知っているのは噂話でしかない」

そうか。前からなんか変だと思ってたんだよね。

なぜ、お母さんが成長促進を使えるのか。

平民が普通に使える魔法じゃないって、今ならわかる。

それに、カイルがあんなに魔力を持っているのだって、普通じゃない。

お母さんが元貴族だというなら、納得がいく。

「俺は、お前の父親から、娘を守ってほしいと頼まれたんだ。ロゼッタ殿の娘だとわかっていたので、引き受けた」

「そうだったんですね……ありがとうございました。私、何も知らなくて」

「いや、いいんだ。俺の方こそずいぶん助けてもらったからな。それより、アリス嬢は上級魔術院へ行くつもりはないのか？　カーマインが推薦すると言っていたぞ。カイウス領から奨学金を出してもいい」

「それは……少し考えさせてください。実は、カイウス領へ移住してきたのには、理由があって」

村に住んでいたときに、神官様から王都の学園をすすめられたこと。

でも、王都に行ってしまえば、家族が離れ離れになってしまうこと。

それよりも、家族全員で辺境伯領で働けば、国に干渉されずにすむと考えたことなどを、説明した。

「なるほどなあ。ロゼッタ殿は王都に帰りたくなかったんだろうな。だけど、上級魔術院はロゼッタ殿の母校だ。それに、カイウス領から奨学金を出せば、卒業後は必ずカイウス領に帰ってきてもらうことになる。お前を王宮には渡さんよ。ゆっくり考えてみるといい」

そうか。カイウス領から奨学金を出す、というのはそういうことなんだ。

将来カイウス領で働くという前提の先行投資みたいなもんだよね。

それなら、考えてみてもいいかも。

「そういえば、マンガス……あ、いや、セドック卿が、お前を助手にするとか言ってたけど、本当なのか？」

「セドック先生はそれでもいいって言ってました。働くところがなかったら、の話ですけど。辺境伯様はセドック先生と親しいんですか？」

「……アイツは俺の異母弟だ。アイツは認めたくないみたいだがな」

「えっ！　セドック先生と兄弟なんですか⁉」

「腹違いのな。アイツはカイウスを名乗らずに、母方の姓を名乗っている。まあ、これも知ってる人は知ってる話だ。アイツは自分からカイウス家と距離を置いているが、子どもの頃は仲が良かったんだ」

ええー。セドック先生と辺境伯様は全然似てない。

言われないと他人にしか見えないよ。

それにしても、意外な新事実が多くて、頭がついていかない……

貴族ってややこしい。

帰りの旅は気楽で楽しかった。

道すがら、めずらしい植物を採取したり、ブレイズボアの肉を焼いて食べたり。

野営では収納からありったけのお料理を出して、みんなで食べた。

アイスクリームやかき氷は、辺境伯様や騎士様たちにもウケた。

魚や野菜と一緒に、辺境伯家の屋敷にも配達するようにと、予約までもらったぐらいだ。

多分、私とマリナがこの先仕事に困ることはないよね。


帰還してすぐに、辺境伯家には優秀な薬師が呼ばれ、ルナリア草のポーションは完成した。

そして、なんと、ミルフィーナ様はどんどん体調が良くなっているそうだ。

カーマイン様、喜んでいるだろうなあ。

多分、ルナリア草は、魔力を吸収するような成分があるんだと思う。

ミルフィーナ様も、生命力を維持する最低限の魔力は、身体に溜《た》められるようになってきたらしい。

寮に戻ってからローレンに相談して、オルセット領の鉱山付近で人が立ち入らない場所を確保してもらった。

そして、辺境伯様から分けてもらったルナリア草の根っこを持っていって、植えてみた。

お母さんが元優秀な上級魔術師だったということがわかったので、ルナリア草の栽培には協力してもらっている。

今のところ順調に育っていて、今後、魔力欠乏症の人のために役立てることができそうだ。

オルセット鉱山の土の研究は、セドック先生とローレンが今後続けていくことになるようだ。

ちなみに、お母さんは若気の至りで、当時、護衛だったお父さんと『駆け落ち』をしたと聞いた。

今は幸せだから、後悔はしていないと言っていた。

お母さんの実家はロートレック伯爵家という由緒ある家柄らしいけど、今はもうお兄さんが継いでいて、連絡をとるつもりもないようだ。

今まで考えたこともなかったけど、どこかに血のつながった親族がいるなんて、不思議な感じがする。会ったこともないし。

お母さんは会いたくないのかな。

まあ、私たちは平民だから、こっちから会いに行くことはできないんだけど。

いつか和解できたらいいのになって思う。


その後、私とマリナとイーサンは、辺境伯様からたんまり報奨金をもらったのです。

うふふ。

トスカ鳥獣の素材も買い取ってもらって、みんなで山分けしたのです。

当分、贅沢《ぜいたく》できる。

マリナとふたりで、洋服やらお菓子やら、買いまくった！

ダンスパーティー用のドレスも作った。

次のダンスパーティーは新しいドレスで参加できる！

すごく忙しくて、飛ぶように過ぎた一年だったけど、クラス全員無事二年生に進級できた。

今年は学園対抗魔術大会が開かれるらしいから、すごく楽しみだ。

今年のカイウス学園なら優勝できるかもしれないと、辺境伯様も期待してくれているらしい。

王都からは当然王立学園が出てくるだろうから、負けたくないよね。

多分上級生が出場するんだろうけど、もしかしたら私やマリナが選ばれる可能性はある。

選ばれたら王都に行けるかもしれない。

とりあえず一度は行ってみたいなあ。王都。どんなところなんだろう。

楽しみなことがいっぱいあって、友達も家族もいて、今がすごく幸せだ。

神様、世界一の収納をありがとう。

おかげさまで、転生後の私は楽しくやってます！

おまけSS　たこ焼き食べたい

「お父さん、お母さんただいまー！」

「お帰り、アリス。無事で良かった。大活躍したそうだな。辺境伯から連絡をもらったよ」

「お帰りなさい、アリスちゃん。心配してたけど、元気そうで良かったわ」

「楽しかったよ。旅行みたいで！　お土産がいろいろあるの」

トスカ高山から帰ってくるときにあちこちで採取した、薬草や植物を出すと、お母さんは目を輝かせた。

お父さんにはトスカ鳥獣の素材を少しプレゼント。

本来は武器や防具に使う上等な素材らしいんだけど、お父さんは農具に使うらしい。

牙《きば》で鎌を作るとか言って。そんな贅沢《ぜいたく》な農民、いないと思うけど。

お父さんは昔は騎士だったと、辺境伯様から聞いた。

お母さんは上級魔術師の卵だったんだよね。

どうして教えてくれなかったのかなあと思うけど、幸せそうなふたりを見ていると、過去は思い出したくないのかな、と思う。

でも、両親が情熱的な恋をして私が生まれたと思うと、なんだか素敵だな。

「ブレイズボアのお肉をたくさん持って帰ってきたから、今夜はすき焼きがいいな！」

「まあ、アリスちゃん、すき焼きってなあに？」

「あー……っと、好きなものを何でも入れて焼く料理だよ！」

「それをすき焼きと言うのか。初めて聞いたな。カイウス領の名物なのか？」

「えー……と、違うの。勝手にそう呼んでるだけの料理なんだ。薄切りのお肉を焼いて、そこに水と調味料を入れて野菜と一緒に煮るんだよ」

「そうかそうか。自分で考えた料理なんだな。えらいぞ」

しまった。たまにうっかり前世の言葉が出てきてしまうことがある。

マリナもよく最初の頃は不思議そうな顔をしていたっけ。

アイスクリームやかき氷なんていう言葉は、この世界にはないもんね。

私は前世の記憶があることを、誰《だれ》にも話したことはない。

隠してるってわけでもないんだけど、言っても信じてもらえそうにないし。

今では、転生したことすら、夢だったんじゃないかと思うことがある。

それでも、確かに存在していた松井美玖《まついみく》という存在を消してしまいたくないから、時々日本のことを思い出して、ノートに書くようにしている。

そうしないと料理のレシピなんて、そのうち忘れてしまいそうだし。

料理以外にも、前世で好きだった、ラノベやゲームの知識。

この世界で役に立ちそうなことがまだいろいろあるしね。


その晩、夢を見た。

懐かしい景色。

あれは、三年間通った高校だ。

笑って手を振っているのは、親友だったひまりちゃんだ！

「美玖〜今週末うちでタコパしない？　みゆきちゃんも誘って」

「タコパ！　行く行く！　ぜひ！」

「もうすぐ卒業だもんね。他にも誰か誘ってみるよ」

そうだ。それからクラスの女子十人ぐらいで、タコパしたんだった。

前世のタコパというのは、たこ焼きパーティーのことです。

楽しかったなあ。焼きながら串でつついて、食べるの。

熱々を口に入れようとしたところで、目が覚めてしまった。残念。

匂《にお》いがまだ残っているような、鮮やかな夢だった。

夢の中で会ったひまりちゃんは、ちょっとマリナに似ていた。

もう会えないのが切ないけれど。

たこ焼き、食べたいなあ……

でも、この世界にはたこ焼き器なんてものはないし。

そもそも、オクトを食べる人なんてほとんどいないらしいしなあ。

お好み焼きならフライパンで作れるけど、たこ焼きはあの丸い形状がいいんだよね。

一口で食べられる手軽さというか。

あのたこ焼きを焼く道具、なんとか作れないものかな。

◇

思い立ったが吉日、というのは前世のことわざです。

翌日、乗り合い馬車でローレンの家に遊びに行った。

もちろん、貴族様なのでちゃんと先触れは出しましたよ。

鉱山で栽培を始めたルナリア草の様子も見たかったので、ついでだ。

「どうしたの？　急に訪ねてくるなんて。何かあった？」

「うん、ちょっと鉄くず分けてもらえないかなあと思って。ローレンのところにならたくさんあるかなって」

「そりゃあるけど、何に使うの」

「調理器具を作りたいの。大きいフライパンみたいな」

「……もしかして、またなんか思いついた？」

「へへっまあね。どうしても食べたい料理があって。でもそれを作る鉄板が必要なの」

調理器具を作るならと、ローレンは上質の鉄を分けてくれた。

お礼はトスカ鳥獣の素材で、物々交換だ。

「アリスのことだから、多分またとんでもないことを思いついたんでしょう？　どんな調理器具を作るつもりなの？」

「うん、フライパンにクレーターのような穴がぼこぼこあいてるやつ」

「クレーター……って何？」

しまった、また前世用語を使ってしまった。

クレーターを説明するのは難しいので、たこ焼き器を絵に描いて説明する。

「それって、こんな感じ？」

ローレンが鉄の塊を手にとって、薄くのばして鉄板を作り、そこにぽこっぽこっと穴をあけていく。

金属を変形させるのは、ローレンが圧倒的にうまい。

さすが鉱山男爵の娘だよね。

私にはできないよ……

「それで、コンロの上に置けるように足をつけてもらえるとうれしいんだけど」

「こんな感じね。バーベキューの網に似てるんじゃない？」

できた！　すごい。あっという間だった。

これで魔道具コンロがあれば、タコパできる！

わざわざここまで訪ねてきたかいがありました。

「ありがとう！　ローレン」

「作ってあげたんだから、もちろんそのお料理を食べさせてくれるんでしょう？」

「うん。寮に帰ったらみんなでパーティーしよう！　それまでに材料集めておくから」

新学期直前、寮に戻って来たマリナとローレンと三人で、さっそくタコパの試食会を開催することになりました！

お母さんにも協力してもらって、山芋に似た粘り気のある芋を取り寄せてもらって。

前世のたこ焼きに似た感じのレシピを完成させたのです。

マリナのところでもらってきたオクトの足は、収納に保存してあったしね。

さっそく、例の鉄板でたこ焼きを焼いた。

この世界にもソースはあるので、味付けは楽だ。

いつかマヨネーズも作りたいなあ。

「熱いっ！　でもおいしいっ！」

「オクトって初めて食べたわ。意外とおいしいのね」

マリナはもうオクトを食べ慣れているけれど、ローレンはおっかなびっくりという感じだった。

でも気に入ってもらえたみたい。

私は焼くのに一生懸命だ。家でだいぶ試作品食べたしね。

何度食べても飽きないよ、たこ焼きは。おいしいし懐かしいし。

時々まとめて焼いて保存しておこうかな……

「ねえ……アリス。この鉄板って他にも使い道ないかしら？」

「あるよ。これでアヒージョもできるし、丸いお菓子も焼けるし」

「ほんと？　そのアヒージョとかいうのも、今度また作ってくれる？」

「もちろん！　せっかくこんなに立派な鉄板作ってもらったんだもん」


それから三人で何度もタコパをして、ローレンがこの鉄板を商品化して一儲けするようになるのはまた後日の話です。

あとがき

はじめまして！　ぽふぽふと申します。

数ある小説の中から、本書を手に取っていただき、本当にありがとうございます！

「収納魔法が切実に欲しいと願っていたら、転生してしまった」を、「小説家になろう」にアップしたのが、二〇二四年六月末頃でした。たくさんの人に応援していただき、初めて日間ランキングがトップになったときには、夢でも見ているのではないかと信じられない思いでいっぱいでした。

書籍化までたどりつけたのは、ひとえに応援してくださった皆様のおかげだと感謝しております。


よく人から質問されるのですが、「なぜ収納魔法というアイデアが浮かんだのか？」というのはですね。私の部屋がとんでもなく散らかっているからです！

片付けるのが嫌いなんですよ……しかもモノをため込んでしまう性格で。

料理とか手芸とかは大好きなんですが、整理整頓ができないのです。情けない。

引っ越しのときに部屋に積んだ段ボール箱が、三年たった今もそこに積んであります。

そんなわけで、私の夢と願望が詰まったこの小説を書いている間、本当に楽しかったです。

収納魔法があれば、あんなこともこんなこともできるのではないかと、ノートに向かってひたすら現実逃避する毎日でした。

その気力があるなら掃除しろよ……という声が聞こえてきそうですが。


私の小説を見つけて最初に声をかけてくださった、GA編集部の担当さんには感謝してもしきれません。恩返しをしたい一心で、ここまで頑張ることができました。

とっても可愛いイラストを描いてくださった、Ｔｏｂｉ先生、ありがとうございます。

おかげさまで、こんなにゴージャスな本に仕上がりました。

私は人から画伯と呼ばれるぐらい絵がヘタなもので、絵が描ける人を心から尊敬しています。

コミカライズのお話も進行していますので、そちらの方もお楽しみに！


それでは、次巻でまた皆様に会えることを祈りつつ。

これからもアリスティアと仲間たちをよろしくお願いします！

ぽふぽふ

特報
コミカライズ決定!!
元気いっぱい可愛さいっぱいで
原作の名シーンを再現♪
『収納魔法が
切実に欲しいと願っていたら、
転生してしまった』
[漫画] 狐豆《こまめ》△
[原作] ぽふぽふ
[キャラクター原案] Tobi
2025年連載開始予定!!

GAノベル

収納魔法《しゅうのうまほう》が切実《せつじつ》に欲《ほ》しいと願《ねが》っていたら、転生《てんせい》してしまった

2025年3月31日　初版第一刷発行

著者　ぽふぽふ

発行者　出井貴完

発行所　SBクリエイティブ株式会社
〒105-0001　東京都港区虎ノ門2-2-1

装丁　AFTERGLOW

印刷・製本　中央精版印刷株式会社

乱丁本、落丁本はお取り換えいたします。
本書の内容を無断で複製・複写・放送・データ配信などをすることは、かたくお断りいたします。
定価はカバーに表示してあります。

©Pofpof

ISBN978-4-8156-2947-2
Printed in Japan

ファンレター、作品のご感想をお待ちしております。

〒105-0001　東京都港区虎ノ門2-2-1
SBクリエイティブ株式会社
GA文庫編集部 気付

「ぽふぽふ先生」係
「Tobi 先生」係

本書に関するご意見・ご感想は
下のQRコードよりお寄せください。
※アクセスの際に発生する通信費等はご負担ください。

https://ga.sbcr.jp/

第18回 GA文庫大賞
GA文庫では10代～20代のライトノベル読者に向けた魅力溢れるエンターテインメント作品を募集します!
創造が、現実《リアル》を超える。
イラスト／りいちゅ
大賞賞金300万円+コミカライズ確約!
全入賞作品を刊行までサポート!!
◆募集内容◆
広義のエンターテインメント小説(ファンタジー、ラブコメ、学園など)で、日本語で書かれた未発表のオリジナル作品を募集します。希望者全員に評価シートを送付します。
※入賞作は当社にて刊行いたします。詳しくは募集要項をご確認下さい。
応募の詳細はGA文庫公式ホームページにて
https://ga.sbcr.jp/